秉風草堂散文精選

甘秀霞・著

家庭篇

廣東新會甘家祖屋

1970年阿旺

1966年與父母親弟妹香港合影

1998年聖誕全家香港合影

麗芝與媽媽合影

母親心愛的咪咪

2009年麗芝

2005年兒女德州合影

師友篇

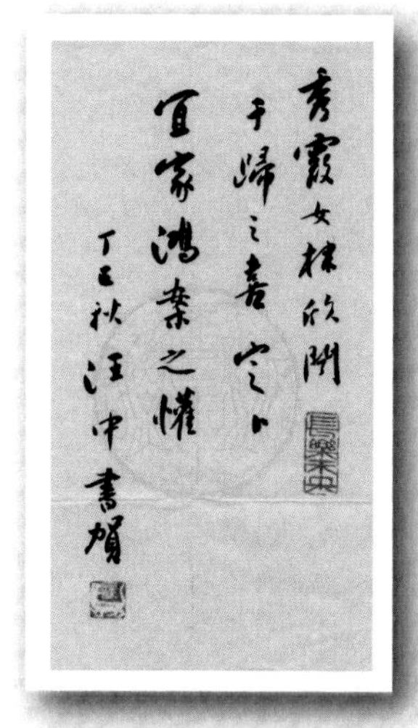

汪中老師墨寶

1970年與同學畢業日合影

汪中老師伉儷

1990年香港嶺英同學
與李秋雲老師多倫多合影

1960年香港
賽馬會官立
小學畢業照

1966年香港嶺英
中學畢業照

1954年香港嘉模幼稚園
畢業照

1970年國立臺灣師範大學畢業照

戲劇篇

1970年與汪中老師夫婦師大校園合影

作者演楊貴妃

2006年與白先勇合影

張元和女士示範身段照

作者與中國名劇作家蕭白教授
達拉斯合影

1970年師大禮堂演出崑劇《長生殿》

1970年作者與張元和女士
師大校園合影

2006年青春版牡丹亭美國
加州演出

崑劇《長生殿》全體演員
合影

2009年文友們與白先勇
先生休斯頓中美寺合影

歷史文化篇

2007年作者與中國作家協會
主席鐵凝女士合影

作者主持講座

作者與王千合影

美國文友北京中國作協總部合影

1991年與加拿多倫多
傳統文化組學生合影

2009年神州合唱團音樂會
與家人合影

2008年與文友
達拉斯合影

2009年達拉斯神州合唱團

序一

在執筆書寫此文時，人與人之間相處之真情、親情與友情各式程度與級別之情緒突然全都湧上心頭來。

記得我在中年時代教學於香港嶺英中學，由於校長洪高煌博士以推展國語教學為宗旨，全校師生均在瘋狂的學習國語，而我當時為全校唯一的國語老師。兩年後，洪高煌校長之長公子洪錫惠博士由美國返港擔任副校長，詳查各位老師資歷，最後我被選派任教當時中學部中六班的國語課程及義務擔任附屬嶺英的盲文學校教師。

香港嶺英中學男女同校，以信義仁愛分班，而中學部中六班有信義兩班。秀霞為當年兩班級長及義班班長。記得當我踏進教室為中六班同學上第一堂課的時候，秀霞早已準備好全級學生名冊，更且按各位同學座位分別詳名寫出，此舉方便老師教課時的查名。手上拿著這份冊子，使我了解到這位秀霞班長的一、聰明；二、負責；三、處事的詳規與周到四、當然更有那份女學生的貌美，有禮的表態和適當高尚的行舉。

我主修研習中國國學史、中國文字學史及進展和各式書法，更也習研了盲文的認與書，為此，每週二、四要義務的為盲文同學上課兩小時。可是，每當因交通原因遲回為中六班同學上課，秀霞都能適當的使全班同學靜習等待。在我覺得歉意的同時，特別欣賞秀霞為我妥當處理的高能及良果。

教學的時程很快的中六班同學要畢業升大學了，當時嶺英中學與臺灣僑委教育部門有互助學子升學的事務項目，凡品學兼優者而又達到僑委教育部的要求，每十位畢業生保送一名免試赴臺就讀大學，而進臺灣師範大學的名額只有兩名。這個消息使當時中六班同學聞之狂喜、思之高深又盼之難得。當時學校方面由副校長及教務主任和我在選出六位同學中決定了兩位，其中一位即為秀霞。秀霞的被選，全班同學均讚賞道賀，其時我已思定秀霞以後必成為一位被眾人所敬重的文學作者。四年後，她由臺灣師範大學畢業回香港，不但有了優等的中文高知，在戲劇崑曲唱和表演方面，因師從張元和女士與焦承允先生兩位崑曲名家而有進一步的研習和造詣。

感謝好友鄧耀忠老師的相助介紹、香港培英中學李權校長對我之重視，聘任為全校女生指導主任之職，時正適秀霞回港，即就此介紹請她參加培英中文老師的行列，因之吾二人先是師生而後為同事關係。從此，我倆因居處同在香港灣仔區域，每天同出、同到職及同歸家，猶如母女相隨。其後我先移民加拿大，有加國學子返港旅遊，我從中撮合，天意的安排，兩人結為連理，至今一子二女均已成材，各有所長。轉眼數十載，彼此一直維持相互交往，互訴彼此生活情況，實可如親情的超級，真情的入骨與友情的可貴。

秀霞近年來不斷的書作優品，內容多為散文小說之創作，記述人生各事之喜、憂、難、勝、可觀、可嘆的情、程，有可能會與讀者周遭所發生的事相似相近。我們都是有盼望、前進與努力學習移居海外的中國人，不論是文學界、藝術界，現代有助人民社會科學進展的發明家，都會使用文字詞句書表多少人間的友情、真情和親情，而秀霞這本書正是她人生之寶貴史記錄，願意和各位讀者分享。

李秋雲

序二

甘子要我為她的新書寫序，初聞之下，真是誠惶誠恐，想以才疏學淺，不堪勝任，辭不赴命。但我與作者，誼屬校友，在達拉斯交往期間，互相切磋之處甚多，受命固然不當，推辭亦有未妥，只好勉力一試，疏漏缺失，辭不達意之處，必定甚多，尚祈作者與讀者見諒。

在這本書裏，出現了各種體裁的作品，有輕鬆有趣的小品，有美麗動人的詩歌，也有嚴肅的態度，論及中國經、史、子、集古代文化思想的重要及對後世子孫立身處世的影響，呼籲國人正視中華文化的優良傳統。作者有一句話說：「悠久的歷史，是民族的驕傲。」真是千古名言，擲地有聲，她的一生，受中國文化熏陶頗深，自幼便成長在一個文化氣息極為濃厚的家庭，其尊翁讀過多年的私塾，國學根底深厚，子女幼受庭訓，深得潛移默化之功。及長又專攻中國文學，對儒學之悠久、博厚、高明、精微之旨更有深切之體會。在臺灣師範大學國文系畢業後及應香港培英中學之聘請，擔任國文教師多年，移民後復在多倫多及達拉斯教授中文，其於世界華文作家協會德州達拉斯分會會長任內，亦皆以弘揚中華文化及發展海外中文教育為職志，勇於任事的精神可感可佩。

作者幼年在上佛教小學受教一年，又就讀中華基督教會屬下的嶺英中學，時間更長達六年之久。在新潮流，新思想的激盪下，當然會帶給她一定程度的影響，但仍以兼容並蓄的態度，吸收外來文化而不是被吸收。中庸有云：「萬物並育而不相害，道並行而不相悖。」她本著這樣的信念去接受從東方來的，或是從西方來的文化思想，但祇能滋養她，壯大她，卻並沒有改變她，數十年如一日，堅定地走在這條路上也正是這個道理。

這本書也代表作者一生走過的點點滴滴。在《我愛阿旺》這篇文章裏，三個女人竟然為了一隻失而復得的小狗阿旺，惹來了一筐一筐的眼淚，人性的真善美在此表露無遺。

若說「辣」為百味之王，那麼「崑曲」則為百戲之祖。作者熱愛崑曲達到令人無法想象的程度，在師大修業期間，曾從師研習崑曲，並粉墨登場，演出《牡丹亭》、《長生殿》等戲目。畢業後因環境的變遷，無緣再粉墨演出，但熱愛的程度卻絲毫未減。二〇〇六年白先勇先生帶了蘇州崑劇院來加州演出青春版《牡丹亭》，作者不惜花了三天的時間共九個小時坐在加州大學的禮堂裏聽戲。有人說她瘋了，我也笑她少年輕狂。她說她已並不年輕，但輕狂不減。她在大學時代，就對崑曲入迷，不僅從張元和女士學身段，從焦承允老師學唱功，亦曾登臺表演，直到現在，一談到這個就眉飛色舞，津津樂道。崑曲的身段美，唱腔美，辭藻美，簡直就是美的化身，難怪甘子會為之癡迷，亦是其來有自。

《合肥四姊妹》是作者著墨較多的一篇，她和這個家庭淵源頗深，老大張元和就是她崑曲的啟蒙老師，而且感情深厚，來美後仍有過從。老三張兆和與沈從文的戀愛，也是膾炙人口的歷史題材，捧讀之下為之傾倒。

這本書所敘述的都是作者生活裏的點點滴滴，有的是她的經歷，有的是她讀書的心得，有的是對祖國文化的探索，有的是對自己愛好的執著。這林林總總，她用豐富的情感，細膩的筆觸，娓娓道來，非常引人入勝，是一本難得的好書。

王千

目次

輯三　寵物篇

輯四　心情篇

輯五　戲曲篇

輯六　歷史文化篇

輯七　韻文篇

輯八　讀書報告

輯一　家庭篇

過年在香港

每逢佳節，心就像一顆石子落到水裏，激起串串的漣漪，越浮越遠，幾乎到達那遙遠的東方一角。

小孩子的時候最愛過年。每年到了農曆十二月左右，母親開始給我們每人買一套新衣服和一雙新皮鞋；到裁縫店訂做新棉襖；兩個弟弟要到理髮店理髮，母親還特別提醒理髮師替他們剪短一點；而我和兩個妹妹到美容院把頭髮燙一燙。小時候，我們頭髮一年燙一次。母親從沒燙過頭髮，她把耳朵兩邊的頭髮向上一扣，用髮夾一夾，這就是母親一輩子不變的髮型。我們燙頭髮的時候她坐在旁邊等，每次，理髮師傅問她要不要也燙一下，她就會回答說害怕那一條條的電線。五十年代燙頭髮是來真電的。到後來，燙髮不用插電，她又以自己年紀大不需要打扮為藉口。

農曆十二月十六日稱為「尾牙」，一般做生意的老闆會請員工吃飯。其實那頓飯並不吃得舒服，因為員工們知道自己來年的去留在飯後就會揭曉。我們從不擔心父親的工作，因為他那個水果批發店是家族生意，從老闆到廚子都姓甘，飯吃完就等分紅。

農曆十二月二十三和二十四兩天為謝灶日。所謂「官三民四」，古代官宦之家在二十三謝灶神爺，民間則在二十四。母親總在二十三日那天到廚房拜祭灶神，因為甘家在古代有人做過官。供奉在廚房裏的灶神爺爺一直在照顧我們全家的飲食，母親說「定福灶君」那塊木牌給油煙燻得黑黑的，囑咐我們在洗窗子的時候順便也給灶神爺洗個臉。

過了灶君日，母親就忙起來了：她要做很多盤年糕和蘿蔔糕。一枝香燒完，一盤糕就蒸熟了。她從早上一直忙到第二天早上，所有的米漿蒸完，冰箱裏就堆滿了糕。跟著就是炸油角、煎堆，我們要幫忙，因為要做很多。這油角要慢慢做，不能快，皮若包不好，裏面的花生和糖在油鍋裏炸時就流出來，這樣油角皮就會變黑，不好看，也不好吃。每年做油角，我們五兄弟姐妹一定加入母親的準備工作，家裏的大圓桌上面先鋪上報紙，再鋪上潔淨的白紙，經過一天下來的忙亂，桌面、地上都有麵粉，還得清洗一番。母親炸的第一鍋我們都會先嚐、而搶、後光。噢！忘了最後母親還要炸粉絲和蝦片，這兩樣東西買現成的，丟進油鍋幾秒鐘就好了：有紅有綠，有黃有白，煞是好看。不必說，其中又有些吃進我們的肚子裏。最後，把所有涼下來的油角、煎堆、粉絲和蝦片全放進大大小小的罐子，那麼，我們的工作完畢。大除夕即年宵夜，不管我們多忙都要回來吃母親燒的團年飯，因為她要我們和父親一起拜祖先。靠近大門的那塊牆壁是我家貼春聯（廣東人叫揮春）的地方。小時候跟著母親到元寶蠟燭店買「揮春」，長大以後，家裏的揮春不是由我寫就是父親來揮毫，除夕晚飯吃好，大家就七手八腳地把它貼好。

若你在香港住過也許都會記得在銅鑼灣維多利亞公園每年都設有花市。花市裏不光賣花，還賣各種物品，就像此地的跳蚤（flea market）市場，形形式式都有。花市裏的桃花、吊鐘、劍蘭、水仙、金橘、柚子等等花樹花果觸目皆是。子夜過後，花樹價目就要下降，因為遊人漸少，賣出的機會也跟著減低。到天亮，所有賣不掉的花多被留在該處不搬回去，花主省回運工運費。

每到過年前兩三星期父親買水仙頭回來泡，他培植出來的水仙花美極了，來拜年的親友都讚賞。每年年宵夜父親也會扛一棵桃花回來，他希望來年店生意興隆，大家工作順利。除了桃花、水仙，連同客廳裏的富貴竹、母親手植的四季桔，再上街選些劍蘭，家裏就充滿了新年的氣氛。

在我中學畢業以前，七十年代左右，香港在英國統治下居民可以燃放「炮仗」（爆竹）。大路是車子走的，不能在那裏燃放。因此，大人小孩統統都擠到小街小巷來。小時候我住的香港灣仔太原街是內街，街頭是皇后大道東，街尾是電車路，一到過年，太原街上的小孩就突然多起來，他們是來放爆竹的。那時候，多數女孩子怕被爆竹灼傷，寧願作圍觀者。小男孩們把爆竹放在地上，點著了火引後，雙手蓋著耳朵轉臉走開，等聽到「砰」然一聲後纔又轉過身來看，看著他們那害怕又要玩的樣子就覺得好笑。大男孩們都用手拿著爆竹，點燃後就往前丟，看著爆竹開花後又再點一個。那時候我就特別佩服那些大男孩，因為他們像一個個向敵人開火的勇士。後來，因燃放「爆竹」引起不少的火災傷及人畜，香港政府也就禁止了這個活動。燃放爆竹在香港變了不合法之後，住在市區的人因為居所密集，做什麼都有人知道，怕人家告發，違規放爆竹的案例不多；郊區如新界、元朗和上水等居民卻仍然有不少人冒這個險。不過，那時候的香港政府也會照顧到香港市民對我國傳統節日的情懷，每年在年初二都會公開燃放煙花來慶祝我國農曆新年的來臨，燃放地點選在離海岸不遠海面上的一艘躉船，七彩繽紛的煙火在海的上空綻放光芒，吸引不少的市民圍觀。

一九九七年香港回歸至今八年了，每年年宵市場的攤位仍然在過年前一星期便開始設立在香港銅鑼灣維園內，天天遊人如鯽；每年的年初二煙花燃放仍然設立在香港尖沙嘴對出海面的躉船。至於燃放爆竹仍然屬於違禁行為，想要聽聽清脆的令人振奮的爆竹聲，還得扭開收音機或電視機。（二〇〇五）

國泰戲院

四十年前位於香港灣仔的國泰戲院早場（十二點）及公餘場（五點半）放映卡通片和過期的粵語古裝時裝影片，票價便宜：前座兩毛，後座四毛。母親和我們五兄弟姐妹是國泰戲院的常客，母親陪我們看卡通片，而我們陪母親看粵語片。那時候我們看過不少卡通片，其中有一套印象特別的深刻，片名叫做《小鯉魚跳龍門》，動物畫面逼真，色彩鮮麗，內容描述一群小鯉魚幾經艱辛才能達到牠們的願望，寓意深遠。看過的粵語片古裝時裝都有：如《一江春水向東流》、《唐伯虎點秋香》、《蘇小妹三難新郎》、《寶蓮燈》、《昭君出塞》……等等幾天幾夜數不完。由於我是老大，買票是我的責任。買完票在戲院流連，看到與【粵】同音的【越】劇，好奇想看。母親說那是上海話的戲劇，她聽不懂。那時香港的治安沒現在複雜，而且家就在街的那一頭，於是母親放心我一個人去看。那時候我看過的越劇有丁賽君和夏夢的《金枝玉葉》、徐玉蘭和王文娟的《紅樓夢》、還有金采風的《碧玉簪》等等，雖然不是全聽懂，但愛上它的韻味。

國泰戲院除了有粵、越二劇及卡通片吸引我之外，還有更精彩的中國大陸記錄片。小學時候已經知道香港的吃與喝完全靠外來，而中國大陸是主要的供給者。當時人口四百萬的香港耕地全年收成僅供本島三日之糧，而食水則要望天打卦，全靠雨水。記憶中香港實施四天供水不止一次，家裏水缸水袋擺滿走廊通道兩旁。到供水的時候，人人如臨大敵，在街上水龍頭排隊接水的人們也經常因爭水打鬥。那套《東江之水越山來》就是拍攝大陸引導珠江水到香港水塘的經過。

香港政府自從向中國大陸購買珠江水後，香港市民食水問題就得到解決，再不用制水了。我永遠不會忘記片子末了那句話：「各位朋友，你們飲水要思源啊！」這十二個字，數十年來，仍如暮鼓晨鐘，下下驚心。（二〇〇一）

我的父親

父親是二〇〇八年春節期間離開人世的。那年初一和父親談過電話，並提到大陸歌劇團到達拉斯來演出《霸王別姬》，電話裏傳來父親興奮的語氣說：「項羽無面目見江東父老」，喜歡歷史的父親滔滔不絕，和我在電話裏大談三國。不料過了幾天，大妹電話來說父親中風進了醫院，心裏突然升起不祥的預兆，決定回家一趟。從洛杉磯到香港的飛機延誤，晚了一個多小時才到達，忐忑不安的上了計程車趕到香港島灣仔律頓治療養院，已經是晚上九點半。病牀上的父親，有氧氣輔助器材，呼吸緊，眼睛閉著。大妹見到我，馬上湊到父親的耳朵說「姐姐來了」，接著我嘴巴湊上去說「我來了」，父親的右小腿往外邊抖了一下，向我們表示他已經知道，我心裏在想還好見到父親最後一面的那一瞬間，我的淚就簌簌落下。

匹馬斬顏良　河北英雄皆喪膽
單刀會魯肅　江東豪傑盡寒心

這對與三國時代有關的聯語是父親用原子筆抄在報紙白色一角撕下來，下班回到家裏遞給我說他很喜歡，那時候我還在唸初中吧，懂個什麼！隨手就塞在我的百寶箱裏面去。

以前香港家由大廳通往廚房的那條走廊放著一盒盒我剪的報紙與雜誌，十幾歲就開始收集，直到我結婚到加拿大起碼有十五年以上的心血在裏面。在離開香港的時候，我的二胡、琵琶、球衣和京劇唱片等等都沒有帶走，那幾大盒重重的報紙不用說更不能帶。我以為日後會回來，那些屬於我的東西會還在的。豈料婚後回港的第三次正是母親病危的時候，家裏亂得很。母親逝世後父親又搬家兩次，如此，我的東西就完全消失了，祇有這被撕下來的一角報紙五十年來卻安穩的在我的百寶箱內躺著。

父親在鄉間私塾唸了不少書，也寫得一手好字。聽父親說甘姓有兩族：渤海郡和丹陽郡。我們屬渤海郡姓甘一族。還記得小時候母親拜祖先時那個靈牌上寫的就是「渤海郡甘氏」字樣。現在我們被定位為廣東省新會縣人士，相信是魏晉南北朝中原亂起，人民南移者眾，我們太公就在那時候遷到南方廣東來之故。

我的父親十幾歲便隻身來到香港，香港從事水果行業的人也許會認識他。這不僅是他在這行業混了大半個世紀，還有的是他很愛賭博，他這個嗜好一直沒淡卻下來。

父親從來不帶朋友回家，因此不必擔心他會在家裏開賭。同時也因為這樣，我們五兄弟姐妹不喜歡賭博，也不太懂。我們家很安靜，不像有些家庭整天劈劈拍拍響個不停。到我們做事了，父親才買了一副麻將回來讓大家學習。我平日備課批卷需要安靜的環境，大家知道不可以開檯打擾，祇有到農曆新年那幾天假期則例外，連母親也會來湊湊腳。開始時以瓜子代錢，其後演變到來真的，銀碼都不大，免傷和氣。有時候父親心情好的時候還會照賠給輸得很慘的那一個，最後皆大歡喜完場。

父親喜歡鳥，養過石燕，他說石燕會唱歌。母親知道石燕愛吃油菜，每天必定選一條最嫩的葉子用牙籤掛在鳥籠旁。替鳥洗澡是父親的責任，首先用噴水壺從籠外往內對準牠噴個渾身濕透，如果遇到牠心情愉快，牠會伸開兩隻小翅膀站在那兒不走，任隨你噴個飽；遇到牠情緒不佳，牠就會撲來撲去，跳上又跳下，很難伺候。最後連籠帶鳥放在太陽下曬乾，換掉鳥籠底下的濕紙，用木杈子把籠吊回向街那邊的陽臺，父親的洗鳥工作到此就算完畢。

母親不時在父親面前抱怨整天要掃地，因為鳥在啄食時弄得滿桌滿地都是鳥粟。一天，母親看見鳥籠底的紙濕了，也許是弟弟水加得太滿了，想把紙換掉，不料在拿底紙出來的時候，鳥籠斜倒，鳥就等不及的飛出來了。大家眼巴巴的看著牠在屋子裏繞了一圈後竟然從我房間那扇窗飛走，一去不回。

「石燕飛走了，媽，怎麼辦？」

這時候，母親也緊張起來了，拿起皮包就下樓，好幾個小時才回來。晚上父親下班回來，吃飯後如常用那黑布袋罩好鳥籠，似乎沒有察覺到他的寶貝在一天之間變胖了。

魚，我家有一大缸放在客廳，在我的書架旁邊。魚缸裏有金魚、神仙魚和紅劍等十多尾，紅的，黑的穿來插去，非常好看。每到大缸該換水的時候，在廚房接水龍頭，水管子穿過長長的走廊、再連到客廳的魚缸，水灘處處，父親手捧著大洗臉盆來回其間，嘴裏不停地說：「走開走開，小心滑倒。」肥胖的身軀，穿上高高的木屐，走起來搖搖欲墜，其實，當時要小心的該是他。

父親與鳥魚為友的日子並不久，也許這些小生物的生死使他有不少的感觸吧！後來與母親在窗外的平臺種起花來。我家的鐵樹是用大水缸種的，又高又粗壯，是父親最喜歡的。母親最愛石榴子，我到了美加後，她一直有寄給我石榴子開花結果的照片。兒子小時候就吃過母親手種的石榴子，一粒粒像珍珠樣透明的東西而且酸溜溜的，到現在他還記得。除了鐵樹與石榴，父親還種有曇花、大紅花和小菊花，四季桔子。兒子記得曾經從窗口爬出去替外婆摘四季桔，回來用水洗乾淨後擦乾，放進小罐內，加些鹽。

「鹽醃過的桔子可治喉嚨疼。」他學著外婆的語氣說。

母親逝世後，父親連花果也棄掉不種了。唯一保持的是他每天早上走到灣仔新光酒樓喝早茶。在那裏，他有一班茶友，大部分已經退了休，早上見到面就聊聊，喝茶讀報。他說那裏的茶博士全認得他，其實是因為他嫌人家放的茶葉不夠，自己走到後面連壺帶茶拿出來，人家當然認得他。還有就是每到新年，他會給紅包那幾位在他茶壺多放茶葉的茶博士，這又是人家記得他的一個原因。

閱讀書報是父親的一個習慣。在我求學時期，父親經常把他認為好的文章帶回來讓我讀，要我欣賞人家文章筆法與構思。耳濡目染，我也養成天天閱讀書報的習慣。

二〇〇六年底，父親因為兩隻眼睛視力轉弱，報上的小字看不清楚使他十分懊惱，遂聽從醫師建議，做了白內障手術。手術前聽人家說白內障手術做了之後眼睛會像年輕時期一般明銳，可是他心裏還在猶豫，說先做右眼睛看看結果如何云云。手術後不久，他覺得左邊一隻眼睛也應該做，如此視覺才會平衡。就這樣，父親為了要看書報，勇敢的把他的兩隻寶貴眼睛交給眼科醫師。父親的白內障手術做得相當成功，因為大妹來電說父親看電視書報再沒有說朦查查不清楚了。做了眼睛手術後父親心情特別愉快，他不但可以看一般的書報，當然也可以看狗經馬經。

二〇〇七年春，一天，父親忽地發現他的兩隻眼睛又看不清楚了，這一次不光是看報朦查查，就是連看一般的人物也有問題。開始他以為自己運氣不好，眼科醫師手術不靈，後來才發現原來是自己的眼皮過長下垂，眼睛無法把眼皮撐起來而致擋住眼球視線。經過兩個妹妹與眼科醫師商量過後，所得結論是要把他的眼皮拉上去。拉眼皮手術祇需要在醫院過一夜，第二天就可以回家。手術後電話裏他十分高興的告訴我說看以前我給他寄去的剪報一點也沒有問題了。

年過九秩的父親在半年之內做了眼睛與眼皮手術，他的勇氣使我敬佩。我經常祈禱上天給他健康長壽，讓他能夠多讀些心愛的書報和狗經馬經。

父親雖然十多歲離鄉，但沒有忘記祖宗。他曾回鄉認捐修葺過祠堂，也在香港做過宗親會主席。二〇〇〇年甘氏宗親會春茗慈善籌款時，他用高價投得一盞宮燈。九四年我回去他叫我拿走。我說那盞燈有紀念價值，該由他保管。去年辦完父親葬禮，整理他的遺物時，發現宮燈不見了，也許父親早已把它送給他的同宗兄弟吧。

我和父親雖然相隔萬里，但喜歡電話裏討論時事，尤其與中國有關的更加談到不願放下電話。父親那強烈的愛國心在一九九二年來美加遊玩時我最難忘記。那年暑假，我們全家準備從多倫多搬回德州，他從香港來多市與我及大弟相聚，住在我家，參加兒子初中畢業典禮。一個月後隨我回德州，剛好碰上奧運會，那年在西班牙舉行。父親對體育運動最感興趣，天天對著電視看，看到中國大陸拿獎就開心拍手歡呼。此地的轉播奧運會重點放在美國運動員身上，因此即使中國得金牌，在奏中國國歌時都會剪去，其他國家拿金牌亦然，祇有在美國拿金牌時才讓整首美國國歌播完。不用說，父親在達拉斯看奧運會不過癮。他說我大妹夫在香港一定有錄下來，他回去就有得看。所以，如果有愛國獎頒發，我覺得應該給我父親一個，他確確實實當之無愧。

父親逝世至今一年了，我經常夢見他，地點都在香港。一次夢見他叫我吃麵條不要吃粥，一些老人家說，麵條表示要維持現狀不變，難道他有什麼事情想告訴我？（二〇〇九）

我的母親

母親永遠是那式唐裝衫褲，中袖子。烏黑的直髮從耳朵兩旁往上一扣用髮夾緊緊夾住，臉上不施脂粉。她買金銀首飾不是為佩戴，而是欣賞它們的圖案設計和保值。

母親說我在入學的第一天，她對幼稚園的校長說想讓我拜拜孔夫子，但環視四周卻不見有孔子像。校長走到一個大木櫃前面，兩扇門打開，孔夫子就在裏面。母親常常說我曾經向孔夫子行過弟子之叩拜禮儀，是正正式式的孔夫子門生，不但要好好的唸書，更要堂堂正正的做人。說也奇怪，從我唸幼稚園開始，經小學到中學唸得十分順利，從沒試過留級，而且排在前幾名；而大學四年也沒重修學分，這大概是孔老師一直在照顧我這個門徒吧！其後弟妹就沒有我那麼幸運了，因為母親再也找不到孔夫子來拜拜了。

母親經常帶我們到公園去玩，每次去必定帶羽毛球和足球：足球是給兩個弟弟踢；羽毛球是我們三姐妹和母親一道玩的。母親愛打羽毛球，她還打得不錯的。那時候，香港灣仔有一家中發餅乾公司，周末去買餅乾便宜，買一磅送半磅。我們多買愛吃的檸檬夾心餅乾，再帶上幾瓶白開水，六個人就可以在公園那裏玩一個下午。

碼頭，也是我們愛去的地方。到了碼頭沒有什麼好玩的，我們大多坐在長椅遠眺海面：看來往港九兩邊的渡輪靠了岸又離岸、海鷗高高低低的飛翔著、還有那些在欄杆旁想釣魚蝦的小孩子等等已經足夠消磨一個黃昏。

母親最愛到碼頭去，她說天氣太熱要到哪兒吹吹海風。到我長大懂事才開始了解到也許我外祖父在她童年時候放洋一去不返，所以，她對海洋有一份特別的依戀。

母親有一位兄長，兩位姐姐和一位妹妹。台山人視子如命，更兼我國舊社會觀念重男輕女，又處於農村地域，故祇有她兄長得以進入學堂就讀。母親雖然沒讀過書，但天資聰穎，凡聽過之說書詞曲均能背誦如流。小時候聽母親唱過《倫文敘測卦》故事詩，我還記得開首幾句——「高聲叫，自開言：我係江南算命既本神仙。富者有錢我亦領，或者貧窮我領謝佢一口煙……」兒歌如「雞公仔，尾婆娑，三歲孩兒學唱歌，唔使爹娘嚟教我，自己精乖無奈何。」及「月光光，照地堂，年卅晚，摘檳榔。檳榔香，摘子薑。……」等等母親全憑記憶傳授予我們。

我外祖父本經營木材生意，一年不知何故木材竟遭不法之徒放水流走，損失頗巨，一氣之下遂離鄉赴美。起初尚有金錢書信連同其所剪的頭髮及指甲寄回來給外祖母，未幾即音訊全無，生死未卜。外祖母憂鬱成疾，常年臥病在床。其時大姨母已出嫁，因識破自己夫婿與婆婆有不正常關係而被兩人謀害，石頭沉屍塘底，結果由一位叔公出面調停捉捕兩人歸案。

外祖母得聞此事哀傷之極，病況急轉而下。二姨母產下表哥未及一月適逢外祖母去世，其婆婆不允許回家拜祭，謂喜凶有所衝撞云云。母親說在拜祭時兄妹各人均有代表之香枝，獨二姨母那枝不知何故隔了一夜竟掉在地上。說迷信也好，後來二姨母很早就守寡，獨自撫養表哥成人，挨盡不少辛酸。

母親在十八歲那年與我父親成婚，時父親年二十有二。爺爺脾氣暴躁在村裏出了名，他愛看書，在農閑時手裏總是拿著《三國演義》在豆大的油燈旁安靜地閱讀。母親說爺爺常常提醒她勿洗他的衣服，怕會被她洗破掉，又說過母親「吃不多，行無聲，活不久。」母親嫁給父親時爺爺尚有母親在堂，母親說是我們的「阿太」。阿太雙腳不能走，要用兩張矮凳作左右手杖。阿太待母親非常好，常說爺爺脾氣不好難為了我的母親。「其實你爺爺還好伺候；少洗他的衣服，自己多吃一點就行。」母親說。最不好伺候的是我的姑姑（父親的妹妹）。母親說自己在懷孕時要吃一個雞蛋也沒有，因為蛋全給她撿去賣給別人了。我姑姑後來嫁給一個郎中做填房，頗有資產。抗戰時父親因米飯不足雙腳浮腫，著母親到姑姑處借米。豈料她對母親說倉裏的米全借了出去，要等人家還來才能借給我母親。不必說，那天母親空手而回。我姑姑的借貸條件是九出十三歸，想不到她對自己的兄長也是那樣無情。我很少聽到父親提及他的家事，也許不提會更好。

自從阿太和爺爺相繼逝世，姑姑又出嫁，偌大的房子就剩下母親和父親兩人。母親先後生產過七次，胎兒均不幸夭折。母親常提及抗戰時候奔走逃難的情景：人們驚惶失措在趕路；沿路兩旁無數幼小孩童被親人遺棄，在挨餓，在啼哭，過路者愛莫能助。母親說每見到小孩便停下來餵他們吃一點餅和餵他們喝點水，她自己也有嬰兒要照顧，為了要趕路也不能逗留太久，祇有帶著沉重的心情無奈的離去。母親還親眼看見有些父母實在不能帶著孩子走，閉上眼睛把小孩拋進水裏掉頭就走，其淒慘之情景，數十年之後母親每一提起都會難過得流下眼淚。母親更提到日本軍士駐紮在我們祖屋，彼等雖未傷及人畜，惟去後所留下污垢使她清理多日。村內婦女皆以黑灰塗面，不敢在軍士前露出真面目，以免招來不必要之麻煩及干擾。人人出入均戰戰兢兢，因而她對日本人是恨之入骨。

我是在和平後三年誕生，為家裏帶來些兒歡樂。未幾父親又要回香港工作，基於過往生產不順，母親請二姨母及表哥過來與我們同住，希望她能照料我一切起居，好減輕她心裏的壓力。母親說二姨母是個愛整潔的人，並說我受她不少影響。那時我長得還算可愛，圓圓的臉，叔伯們都叫我「小蘋果」。表哥較我年長十幾歲，經常把抓到的小魚小蝦給我玩。一九五〇年，父親恐時局有變，堅決要母親帶我到香港來。母親說那天和二姨母分別，以為再也沒有見面的機會，兩姐妹相擁大哭，猶如死別。一九八〇年我帶著不到兩歲的兒子從美國德州回香港，曾隨母親回鄉探望二姨母。那時候，表哥已經有兩個十多歲的女兒，他與二姨母同住不同煮，因為我們的回去遂使得全屋子熱鬧起來，我還記得表哥在客廳換上度數比較大的燈泡來吃飯。

小時候家裏請有傭人，記憶中有叫阿嬸和姑婆的人照料過我和大弟，母親待他們猶如親姐妹，後來她們年事漸高，希望回到自己家鄉過晚年，母親祇好讓她們離去。她們與我們聯繫到母親逝世，主僕之情如此深厚是非常可貴難得。

母親衣著雖然保守，頭腦思想卻極為前進，在我唸中學一年級的時候就鼓勵我參加學校舉辦的暑期游泳班，上課地點在香港西環的鐘聲海浴場。那兒是一個泳棚，不是海灘。還記得我們女孩子換了游泳衣躲在更衣室不敢走出來，教練在門外大喊：「如果你們還不出來，我就要進來抓你們。」於是大家才躲躲閃閃的走出來，進了水裏又不敢站直身子，可憐兮兮！

母親不懂游泳，但她說我們一定要把游泳學會。當我學會了浮水後就帶著兩個弟弟和兩個妹妹到香港淺水灣海灘玩，現在弟妹全會游泳，說起來我是他們的啟蒙老師；不過，他們卻青出於藍，比我游得更好和更遠。每次去海灘，母親也一道去，她的一身中國婦女打扮坐在彩色的太陽傘下也是一個景點。我們帶三文治、煮好的雞腿，母親最愛吃楊梅及芝士，她的口味蠻洋化的。

母親對我們三姐妹的衣著十分注意，她說到百貨公司裏買的衣服你有就人人都有，穿出去猶如學校制服，沒有自己個性，最好自己會做，起碼在布料花樣方面就與眾不同。因此，我們三姐妹都上過縫紉班，都會做衣服給自己穿。母親會陪同我們去挑選布料，她對布的質料與圖案設計都有獨特的眼光。記得一年曾送李郭秋雲老師一套旗袍外套的布料，她很喜歡，我說是母親挑的。老師說想不到衣著保守的母親竟會替自己挑選這種組合的圖形與色彩，做好穿起來非常滿意，驚嘆我母親有如此高的鑑賞力。有時候，色彩太誇張的我不敢買，但經母親解釋說若用來縫製旗袍就會很好看；果然，旗袍做好穿上走到鏡子一照，母親完全正確，就是好看，就是與眾不同。所以，我總覺得母親生不逢時，否則她一定會是一位出色的服裝設計家。

母親是很有靈性的，她逝世後七七那一天，我在德州家院子燒金銀紙，不意舉頭一望，但見院子上空烏黑一片，仔細看，原來那一片黑是大大小小的蛾，使從不相信鬼神的外子驚奇萬分。從科學的角度來說蛾都往光和熱的地方靠，因此有蛾來並不奇怪，我覺得奇怪的是——牠們為什麼會來得如此的快？又來得如此的密密麻麻？自此以後，孩子每逢看到蛾，就會說是外婆的朋友來了。

母親逝世不久我夢到她沒東西吃，心裏總記掛著，打電話去問大妹。大妹說大夥都有去拜祭，不過清明重陽掃墓人多，他們沒有上到山頂去，祇在山腳下擺設酒肉，祭祀完畢便回家。從那時候開始，我一直在家裏祭拜母親。孩子小時候畫圖畫說燒給外婆欣賞，現長大了，畫圖是沒有了，每到有節日我燒香的時候，他們會過來向母親的照片鞠躬，外子也來鞠躬叩拜，恭恭敬敬的。在香港那邊，聽兩個妹妹說她們的孩子燒紙巾給外婆吃完東西用來擦擦嘴。孩子們的思想可愛得很，也由此可以看到母親在他們心中地位是何等重要，與他們的關係又是何等的密切。

母親在去世前見過老三，那時候老三才一歲，一九八五年夏天母親進醫院動手術，我帶著三個孩子回香港住了幾個月。在回德州的前一個晚上，第一個看到老三開始走第一步的就是母親。母親去世不久我們就搬到M城住。在M城四年期間，老三常說夢到外婆抱她下樓到屋子前面的草地上打羽毛球；老大也說在客廳看電視感到有人敲他的頭，並說在考試時遇到不懂就閉上眼睛說「外婆，help me!」眼睛再打開後就會做了等等神奇之事。而我則有好幾年斷斷續續的夢到母親，每次夢裏都是隨著母親去看房子，到第二天早上起來覺得特別疲倦。我和母親在那幾年看的房子有大有小、有古式古香的亭臺樓閣、有新式建築像我們此地的美國樣式、有平房、也有兩層樓、有全新的裏面沒有家具和也有半新的家具全備等等各式各樣的房子都有。但是，這些式樣不同的房子都有共同的一點：全沒有門，裏面四通八達，一覽無遺，奇異得很。電話裏與大妹提及此事，她說在那段期間他們為了替母親找一個永遠的骨灰安放處而到處奔走，最後纔在港島西區找著。

人說精誠所至，金石為開，又說敬神如神在，我覺得母親就在我的身旁，她一直在照顧我及我的家人，母親與我雖然陰陽相隔，在精神上離我不遠，我不但不會害怕，反而感到有無比的溫暖與安慰。（寫於二〇〇一年母親節）

沒有腳的女人

閱報得知在德州長大、目前在紐約大學電影研究所進修的鄭班班正在籌拍一部有關華裔女性的電影。這部電影內容是說一個從臺灣移民來的婦女，居住在新澤西郊區，由於不會開車而經常要丈夫接送。一次她買菜，丈夫忘記去接她，於是她決定要自立，學習開車。

鄭班班說一般美國人認為華裔婦女不是性感就是沉默守規矩，他們不真正了解現代華裔婦女的生活情況。所以，鄭班班準備拍一部十分鐘的短片送往法國與美國參展，讓更多人看到這部電影，從而使人們對華裔婦女的真實生活有較深入的了解。

也許，有人覺得開車是一件小事情，在國外，每天我們腳一踏出門檻不就是要開車嗎？人們天天開車就像米飯一樣，天天要吃，何必小題大做，拍一個女人學習開車經過的電影？

想當年，我學習開車也有一段閣下聽來不算太辛酸的往事。讀了上述新聞，感觸良多，也想把往事說出來給大家聽聽，目的是要讓所有婦女知道我們有能力做任何事情，千萬不要小看自己。機會是要我們自己去爭取的，它不會自動送上門來。

我第一次學車是大學畢業後的第二年，地點在香港。那年日，開車是一種時髦的玩意兒。香港交通部規定十八歲就可以做「學神」，因此，我學車的時候還算年輕。閣下若在香港住過，香港交通部對考駕駛執照者評分的嚴格一定有所知聞，似乎很少學神一次就能過關。那時候，我與大妹跟不同教車師傅學車，各自學了過百小時纔去考試。

以前到香港交通部考車牌不可以用自動波（automatic）的車子，師傅的車子一定是有波棍的標準波車子（standard）。路試考的範圍除了輕鬆走街道以外，主要是考三點轉（three points turn，在很窄的小路上進行）；斜坡再開（考官要你把車子開上斜坡後停下來，關機器，一會兒再打火讓機器開動，往斜坡上繼續開去。車子機器剛打火開著聲音很響，右腳放在卡拉茲clutch上面，耳朵聽著機器聲音由高而低的轉變同時要予以適當鬆放調控，人們稱之為「吊卡拉茲」。卡拉茲吊得不好車子會溜後，這個扣分很重。）；平行泊位與垂直泊位（車子後退與街道垂直）。大妹考了三次才過關，我也考了三次可沒過，都是垂直泊車做不好。

到如今，我的駕駛年齡超過二十年，駕駛執照是在美國拿的。

二十多年前與公婆同住，兒子才一歲多，外子教我開車的第一天想請公婆代看兒子一小時，得來的答案是要我們把兒子放在車後座。因此，我想學車的興致馬上打消，這一擱就是五年。到下次再要學車的時候，我們已經搬出來住到C城去，肚子裏懷了老三，老二也有兩歲了。

二十多年前的C城雖在發展，但仍然是一個不到一萬人的小鎮。人家說小城人情味濃厚一點沒錯，左邊鄰居是美國家庭，其兒子與我兒子年齡相若，經常互串門兒。那時候，兩個媽媽都不上班，美國太太願意替我帶兩個孩子好讓我安心學車。於是，外子每天下班回來就教我開車，兩個孩子走過隔壁玩。

在美國考車牌容易多了，筆試路試我都一次過關。我考車的時候懷著老三，不知道考官有給我人情分沒？記得停車泊位時考平行泊位，第一次泊不好，在心慌意亂時還好嘴巴說了一句：「May I try one more time Sir? 我可以再試做一次嗎？」見考官點點頭，馬上把車子開出重做一遍，成功了。拿了駕駛執照不久就生下老三，休息一段時候外出的第一天，由我開著新買的天藍色Oldsmobile家庭式房車載著左鄰美國太太與她兒子，一行六人浩浩蕩蕩到Preston wood Mall逛去。沿路上，兒子高興得不停唱著他即興編的一句歌曲「We are happy everyday! 我們天天都快樂！」並且說「媽媽現在有腳了！」（在這之前，公婆一直在對人說著我沒有腳的笑話。）

今天，我在此並不是向各位揮臂大喊女權第一，男女地位本來就是應該平等的，不是嗎？要喊叫與爭取而來的平等聽起來不覺得使人鼻酸？可是，在現今社會裏，婦女地位仍然低微。因此，有心人如鄭班班者想借電影作為媒介來提醒大家：「天下事，非不能也，不為也。」藉著華婦學開車象徵這名婦女要自給自足，要與丈夫地位平等，並說明一般華裔婦女表面與世無爭，循規蹈矩，其實她們內心有很多理想與夢想，都是有血有肉的人，希望我們女人用自己的腳踏出自己的一片天地。（二〇〇三）

魚的故事

以前家裏每頓飯一定有魚，因為老爸最愛吃魚。大弟吃魚先把魚皮拉開就像老爸一樣，所以母親說子像父。老爸又喜歡吃魚粥，經過對我們五兄弟姐妹的測試後，每次煮魚粥，母親整條魚買回來，大瓦鍋內放水把魚煮熟，撈起來，用碟子盛著，送到我面前來。母親說，經過我挑魚骨的粥大家才敢吃。就這樣，我成為家裏的挑魚骨專家。

永遠記得母親曾被魚的三叉骨插在喉嚨，不上不下，我送她到香港瑪麗醫院急症室，到第二天才能回家。母親對我們說，如果我們試過被那取骨儀器探入喉頭，以後你在吃魚時，就會真的像貓兒那樣，吃得斯斯文文，不會囫圇吞了。由於責任重大，每次母親煮魚粥，我都戴起眼鏡來挑骨頭，以免他們被魚骨插喉嚨進醫院。

為人婦後，我仍然像母親買魚一定買整條，而且要買活的。每次到菜市場必先到海鮮部挑好我需要的魚，然後去買其他東西，待回頭時魚已經打鱗切好一塊塊，方便得很。本來，我家每一個人都喜歡吃魚，自從那一次，一個年輕伙子用刀大力拍魚的頭幾下後，魚身子在使勁的擺動著，被我家老二看見，嚇得躲在我背後哇哇大叫，回家後那頓魚沒有吃。直到現在，咱們一家五口，祇有老二對海鮮沒多大的興趣。

吃魚是我家的傳統，那次宰魚驚魂後，我不再買活的魚，我買切好的魚肉魚塊回來以減輕自己和全家心理的負擔。我也嘗試做母親那一道拿手菜：蛋角蛋皮煎包魚肉，圓圓金黃色的蛋角放在桌面，不會給孩子們太大的心理衝擊。因此，我家仍然有魚吃。（二〇〇五）

兒子與魚

二十年前我們在M城開了一個加油站，後來房子也買在附近。離加油站不到五分鐘車程有一個池塘，生意不忙時，我會偷空帶孩子到那兒散散步，兒子女兒喜歡一邊騎腳踏車，一邊看人們聚在塘邊垂釣。所謂耳濡目染，不久，兒子腳踏車也不騎了，每次到了池塘後就走到釣魚臺那裏看人釣魚。外子原來也是喜歡釣魚的，魚竿也有好幾根，知道兒子上了觀魚癮，於是把那根黑色的魚竿給了他。兒子接過魚竿，高興得不得了，翻來覆去的在玩弄。那天晚上，他把魚竿擱在牀頭，眼睛淨盯看著魚竿發笑。

第二天清晨，還記得那天是星期六，猶在夢鄉的我與外子被一陣急速的敲門聲驚醒，我睜開睡眼一看，原來是頭上戴著白帽子的兒子走進我們房間來。「今天我要去釣魚，媽咪。」兒子說完後便走到車房去。過了一會，兒子又走進房間來，這時候他肩上已經挑著那根黑色的魚竿，手提著的小桶裏放有麵包，儼然一位釣魚專家。由於前一個周末店的生意忙，我沒有帶他們出去玩，於是對他說午飯過後便帶他們到池塘去釣魚。兒子高興地告訴兩個妹妹，三人到廚房各把自己的水壺灌滿了冰水。

德州夏天太陽很猛烈，戴上太陽眼鏡和太陽帽坐在椅子上，輕搖葵扇，仍然未能減輕繞在我身邊的熱氣。釣魚臺上站著頭戴白帽的兒子與幾個小孩，幾根魚絲整齊的垂吊在水裏，遠看像半座豎琴立在那裏，十幾隻眼睛正在全神貫注著水面，一下子，四周突然變得安靜下來。我好整似閑，轉過頭來，遊目四顧，看看樹木，數數鴨子與水中漂來的葉子與花瓣。

「有魚上鈎了，看！。」忽然傳來兒子的聲音。我馬上轉過頭站起來，走到他的身旁，看見他把魚拉上來的欣喜若狂的神情，我好像感覺到有一條活魚在手掌上跳躍。魚上岸後，兒子用手想把魚從鈎上分開，但是魚身翻來翻去不好抓。那條魚祇有他的小手掌那麼長，我猜還不到五寸。見到小魚左右擺動，我們根本不敢捏緊牠，眼巴巴看著可憐的小魚折騰了好一會兒。正在毫無辦法之際，老二走過來，看到我們手上有小魚，說了一句驚醒我們的話：「叫爹地，爹地有辦法。」

回到店裏，小魚與鈎很快就讓外子分離開，小魚放進水桶裏。兒子把小桶放在桌子上，拉了張椅子坐下，悶聲不響的看著他釣到的第一條魚。

兩個小時過去，他走到我的面前來，說：「媽咪，我不想要牠了，放牠回到池塘去好嗎？」

「你不是說過如果你釣到魚要我煮給你吃？這是你釣的第一條魚，真棒啊！今天晚上我就煮給你吃。唔，這條魚是小了一點，那麼你一個人吃好了，你要清蒸還是用油炸？」

「不用了，我不要吃。媽咪，你帶我回到池塘那兒把牠放回去，好嗎？」一邊說著，他竟然哭起來了。

就在這一剎那，好像有人用棒打在我的頭頂上。

回到池塘邊，他小心翼翼把小桶斜斜的往池塘裏倒，祇見那尾小魚慢慢地游出來，抖抖小尾巴，然後，看到牠那個受傷的嘴巴上下合了幾下，然後，拖著緩慢的身子游離岸邊，往池塘的中間浮去……。

那次以後，一直到現在，兒子再也沒提過要去釣魚。（二〇〇五）

聲音與耳朵

曾看過一篇文章〈Noise to the Ears〉覺得很有意思。該文作者是Josie Glausiusz。文章說Isabelle Peretz是滿地可大學神經心理學家，她認為有時候聲音之於耳朵並不在於你唱得怎樣，而是在於你能夠聽到什麼。有些人因為不能分辨調子微小的轉變而感到困擾。她從十一個人的實驗中發現他們都受過高等教育，這些人對於口說的語句可以分辨出是句子或問句，但是對音樂卻無動於衷，也許是因為說話時的間距比音樂的間距來得大。

對音樂反應遲鈍與對誦讀發生困難同樣是由於腦的操縱失調所致。有人說音樂是感情，如果你沒有感情，那也許你就不是真正的人。可是，Peretz認為如果你了解對音樂反應不敏銳是一種生理上失調，對於上面這個說法你就曉得是一種侮辱和不正確了。

告訴你一件我家老二的軼事，小學時候學校每年給學生檢查聽覺，一年級報告回來說她的聽覺有問題，到第二年又是同樣的說她對聲音沒反應。這怎麼可能？從一年級老二就開始學鋼琴，五年級學法國號與黑管，老師說她的聽覺敏銳，是學音樂的好苗子。到三年級的報告來了，你猜如何？他們要老二去一家指定的學校再做第二次測驗。我開始覺得事態嚴重了，心想這個小姑娘的聽覺果真的有問題？

那天一大早送她去指定學校，踏進校門，一群小孩子走過來，其中有好幾個耳朵戴了像耳朵助聽器的東西。

「如果老二耳朵真的有問題，她以後就要到這學校來上課和戴這些耳機了。」想到這裏，心酸酸的。

好不容易等到她出來，測試老師說報告過兩天送回老二學校。那兩天實在難挨。

報告來前那個晚上，我把老二叫到房間來，等她坐好，問她在測試的時候有沒有聽到聲音？她回答說：「有。」我繼續又問：「聽到聲音的時候你有舉手嗎？」猜她如何回答：「太多太多聲音了，我不喜歡舉手。」

這下子我心完全放下了，原來我的寶貝老二耳朵沒有問題，祇是二小姐覺得舉手太多煩死人了。第二天一早到學校告訴老師始末，老師聽了也笑彎了腰。

如果有一天，孩子老師對你說你的孩子聽覺有問題時，你不必擔心，也許是他們間歇性的少爺小姐脾氣來了；又當你看到人家在跳舞的時候神情陶醉如墮仙境，可是兩隻腳卻與音樂拍子不合，自己顧自己，那你也不要掩嘴竊笑。因為，這大概是與我外子一樣，同屬於對音樂感失調的個例罷了。（二〇〇五）

死亡與信仰

一天，兩個女兒與我聊到最害怕的是什麼？

「我最害怕的是死亡。」他們齊口同聲說。

相信這是最普遍的答案。接著，她們告訴我晚上每一想到這就害怕到睡不著覺。真可憐！

問她們到底害怕什麼？

「我怕咽掉最後那口氣。」那時候我們躺在床上，老二把身子挨過來靠著我。想得好遠的小姑娘，真像我。

小時候，我也有這個恐懼。有一天，告訴母親我害怕死。母親問是什麼緣故？我說，人死後被埋在地下，棺蓋上後躺在裏面呼吸不到空氣。母親聽了，笑我傻，說人死了就不再需要空氣，不必害怕。

於是乎，過了中學、大學，一直平安無事。到結婚生子後，死亡恐懼又來困擾我了。這一回，是我害怕死了之後老公會娶一個「繼母」，而「她」會善待我的三個孩子嗎？

曾聽到有一位朋友問她丈夫，如果她去世後，孩子年幼，他會再娶否？丈夫回答說：

「你放心好了，我會自己一個人把孩子們養大的。」這位朋友在告訴我的時候是哭著的。不必說，她是被老公的這番話感動。

現在，我和她的孩子日漸成長，與此同時，我倆對死亡的恐懼也相對減少。

或許，宗教人士會走到我面前來勸我：「信教，等你有了宗教信仰後，你對死亡就不會再感到恐懼了。」

我曾經在佛教學校唸了一年書，聽過班主任清文師父講解佛經；我也曾在基督教學校唸了六年，聽過好幾位牧師如趙恩賜、鄒約翰和Charles E. Ashley（歐詩禮）三位牧師講解聖經，在涉及人類最害怕及最敏感的死亡時候，他們往往強調信仰的重要。祇要「相信上帝」，將來死了之後就會上天堂與父神會面。至於佛家則說，祇要「信佛」，死後就會到西方的極樂世界。

除少數例外，一般宗教都勸人為善。我視宗教理論是一種哲學理念。現在人們奉仰的各種宗教，如果大略去認識一下，這些「教」其實有些是一個民族的歷史，有些是前人和現代人對人事觀察所累積的知識和經歷，用現代語來說那是一門哲學。所謂以史為鑑，這些民族的歷史和這些人的哲學觀念的確可以作為借鏡。因此，我認為所有的「教」在現代的一般觀念下，祇要它不傷害人民的正常生活、不擾亂國家以及世界安寧、不愚弄人民心智、不導人走入迷糊領域的，我認為都可以存在。

「教」是一種知識，而宣教的是「人」，經過「人」的誇張和潤飾後的「教」便變得「神」而「奇」了。譬如有些是自然地理現象，前人對這方面的認知有限，就視為「神奇」的現象。這個「神奇」在前人認為是一個無形的「形」，他們認為他們所看不到的這個「形」很偉大，很有力量。很多「教」的內容都藉著他們看不見的「形」來宣釋自己奉仰的纔是唯一的，而別的都不是。其實，在我看來，大家都是在用同一個「形」，簡單地說，大家在談的都是「自然」。

有人曾經對我說信上帝死後才能上天堂，我對他們說我沒做過什麼壞事，如果真有天堂與地獄，我肯定不會因為我不相信上帝而上不了天堂。

隨著年歲的漸長，我得出一個結論——

人們之所以感到死亡可怕，除了是肉身會感受痛苦外，最主要的原因是當死亡來臨，自己就要與親愛的人分離。分離比死亡更要哀痛，有些分離是還會再見的，而死亡的分離後永遠不會再見。所以，人們對死亡的恐懼與能否上天堂、能否到西方極樂世界無關；亦即是與神與佛是毫無關係的。我們到底還是「人」來的啊！（二〇〇二）

俯首甘為孺子牛

這幾年來往達拉斯與奧斯汀不知有多少次，卻總沒試過自己開車去。其實這條路很好走，以前從M城跟著外子的大卡車開去多倫多，到田納西州時跟不上而迷路，最後要請警察帶我走回正確的方向，那些路比這更為複雜錯綜。

一次，外子和我又準備到奧斯汀，去前一天，老二電話說已經把枕頭套牀單被子洗乾淨，準備與我同睡。自從上了大學，她似乎懂事多了。在以前，她動不動就會跟哥哥妹妹吵，她的野蠻不講理常氣得外子把她的東西橫掃地上，每一次她都是哭著蹲在地上逐一把它們撿起來。

老大唸了幾年大學一直獨居，老二來了便合租兩房柏文。學期初經常聽來自他們的投訴對方的電話，當然是老二說得最多。日子一久，大概她也曉得要面對現實，投訴的電話少了。當初決定合住給我的理由是每個月可以省回三百塊錢的租金：但是知子女莫若父母，在我來說寧可少用三百，免聽他們的煩惱。不過，大半年下來，這倒都是一個很好的機會把他們鍛煉，逃避並不是最好的辦法，有些事情需要我們勇敢的去面對。現在我明白「如何與人相處」的課程內容對他們兩個來說付三百塊錢一個月實在是太便宜了。

老大很像當年的我，他從來不用我操心，他與我永遠有論不完的理和說不完的話。那天到奧斯汀看他和老二，晚上坐在小客廳又聊起來。

「假如我現在不唸書離開學校，你會生氣嗎？」

「為什麼要生氣？」

「我還沒唸到畢業啊！」

「這是無所謂的，你看Bill Gates不是也沒有畢業。」

「在東方人的家庭看法不一樣，他們會覺得沒有面子。孩子唸了幾年書目的就是要拿那張文憑。」

「一紙文憑並不能代表你學到什麼，它祇表示你曾經學過什麼。有文憑並不代表你有學問。」

「可是，我是你的兒子啊，我不唸完大學你不會覺得沒有面子嗎？」

這個寶貝又來試探我了！

「你不覺得失望嗎？」

「失望？我不會因為你停止唸下去而失望：因為這個停止並不代表你無法生活和沒有前途，也許這才是你美好人生的開始。如果你認為過去幾年是白唸的，那麼現在就是你脫離苦海的時候，我會為你擺脫苦痛、尋找到你真正要走的方向而高興。」

雖然話說完自己也覺得驚詫，但這是我發自內心的話。

「媽，你就是不願意說出對我失望，你就是不要說這句話。」他很懊惱地說。

（兒子經常假設一些問題和我討論，討論到最後往往沒有答案就懸在那兒，下次再談。）

以前在香港有幾位經常來往的同學，每到周末多有茶聚，因為大家當老師，學生永遠是我們談話的中心。每看到她們幾位對學生成績達不到自己預期標準時生氣的模樣就感到非常奇怪，而她們也不明白我為什麼會如此泰然，好像一點煩惱也沒有。我覺得她們大概忘記了唸心理學的時候老師提過所謂的「個別差異」，既然每個人都有不同的能力表現，我們又怎麼能夠因為他們不能同時達到你定下的那條線而暴跳如雷？

香港來的朋友也許認識一位影視藝員湯君，是我在香港培英中學教過的一位學生，算年齡現在該有四十出頭了。湯君唸中學一年級的時候我是他的班主任，那時他個子不太高，給他坐前排，還記得他說話聲音不大，態度有些靦腆。教室裏有壁報板，我習慣把好文章和考卷貼佈上去，讓同學們參閱。一次，同學們看到壁報板上有湯君的作品，但分數並不高，紛紛走到教員休息室問我原因。我對他們說那篇文章對湯君來說是一大跨步，對我則是教學的一大喜悅。自此以後，在課餘時候他會拿著書本來問我，人也變得開朗許多，說話也不像以前那麼扭捏害臊，我猜那時候是他學習的一個轉捩點。

同樣的，若我的孩子書唸了一半而放棄也一定有他的原因，假設我們把前途看成很重要，那麼他這個決定現在仍未見果，不要說我不會生氣，就是要生氣失望也是言之過早，因為這不過是他的一個轉折點，還沒到結局。我與他對「失望」的爭論——「望」之過程仍未到全「失」之階段，所以我不能對他說——我感到失望。（二〇〇一）

【註】兒子畢業美國德州奧斯汀大學電腦系，現在美國公司工作。

茉莉花的故事

今早起來，到後院做體操，忽地看到那盆小茉莉開了今夏頭一朵小白花，心中一喜，鼻子忙不迭湊過去，香入心肺。

前年春天買了一盆雙瓣茉莉，放在後院蔭篷下，夏天時期天天有花開，長得茂盛極了。每天把落在地上的小白花拾起來，堆放在餐桌上，屋子裏清香四溢。那時候，老二仍在奧斯汀上學，也在那裏的花店買了一盆茉莉，是單瓣的，這盆茉莉暑期跟隨老二回家渡假，在院子裏與我的雙瓣茉莉爭艷，花開得燦爛非凡。假期過後，老二又帶著它回到奧斯汀住處的陽臺。

那年冬天，氣溫低得出奇，我把屋外的盆花植物全移到屋子裏，為怕它們捱不住風霜雪雨。聖誕節前一星期，女兒回家渡假，那些種在她陽臺的大小盆景也跟著回來，與我的盆景堆擠在客廳與廚房，一下子，家裏猶如植物展覽室，好不熱鬧。

一天，我看天氣還算暖和，準備捧兩盆茉莉到前門外，見見陽光。待我的那盆茉莉搬到門外後，電話響了，原來是多倫多同學打來的，一聊就一個多小時，結果，女兒那盆茉莉就忘了搬出去了。幾天過後記起那盆仍然立在大門外頭我的茉莉，連忙開門出去，但見所有葉子已經像風乾的桔子皮，一捏就碎，忙把它搬進屋子來，上下左右忙亂的剝掉乾枯的葉子後，看著剩下一折就脆掉的光禿枝幹，心揪得很。

冬去春來，元旦過後，學校開課了，老二把她的盆景又搬回她住處。初夏來臨，我的所有盆景又如常被移到戶外。日復日，但見我所有的花樹都在探頭探腦比高，生機勃勃，唯獨茉莉仍然沉沉大睡。外子說它不行了，使我傷心了好幾天。可是，我仍然不許他把根拔起來。就這樣又過了兩個星期。一天，在澆水的時候，發現一棵帶著兩片葉子的小樹枝偎依在原來枯掉的茉莉枝旁探出頭來，細細軟軟的，懵懵懂懂的，實在使我興奮莫名。於是，連忙把那小枝條拔出來，為它開了一個新花盆，然後讓外子把那棵第一代茉莉枝丟掉。

仲夏期間，我們再往北遷徙，搬到現在的家，老二大學畢業，她的盆景不用說也都跟著一切雜物回歸達拉斯我們家總部。外子說女兒那盆茉莉可以種下地，我說「冬天會太冷吧。」女人往往有時候比男人想得周全些，是吧？可他堅持說女兒的茉莉看來比我先前的一棵要粗壯，種下地絕對不會有問題，並說要把女兒那棵單瓣茉莉種到廚房窗外，好讓我燒飯洗碗時候也可以欣賞到花移影動云云。男人的腦子裏永遠想要在某些方面勝於女人的，「好吧，你說能種就種吧。」我知道待女兒那棵茉莉種下地之後，一個賭博就已經宣告開始。

到了冬天，果然發現此區氣溫比舊家區低了兩三度，我照往常一樣把所有盆景搬進屋子裏，一盆不漏。而這棵種在地下的單瓣茉莉果如我所預言戰不過寒冷的冬天，現在已經六月了，仍然光禿禿，一片葉子也沒有。外子說它不行了，又想連根拔掉。我說：「且慢，也許它會像那盆雙瓣茉莉，在旁邊長出第二代來不定，我看還是留待觀察吧。你說呢？」外子不語。（二〇〇五）

歲月無痕

有試過在一天傍晚時分與快三十歲的兒子外出？是你開車，兒子坐在旁邊座位，回來時天已全黑，而你又最怕晚上開車，不辨南北，到處似曾相識。一路上，每見到前面有路牌就問兒子上面是什麼字的同時心一直在期待著兒子下一秒鐘也許就會說：「媽咪，把車子停在路邊，讓我來開吧。」的那句話一直沒傳到耳邊，而最後自己像瞎子般終於把車子開到家門，慶幸沒有發生意外！

自從那次之後，纔知道原來自己在兒子眼裏完全沒有歲月流過的痕跡。

喜乎？悲乎？

輯二　師友篇

往事一則

六十年代香港有一個基督教聯校的組織，成員是十幾家基督教學校。香港真光女子中學、香港嶺南中學、九龍培正中學、九龍培道女子中學、香港嶺英中學（我的母校）、香港培英中學（我大學畢業後在此任教）等等同屬香港基督教聯校，也稱為友校。

一九六六年的夏天，香港嶺英中六曜社同學以敢闖敢幹的精神，在離校前夕，與友校同學共歡，舉辦了我校有史以來的第一次級夕晚會。接著，上述聯校各中學畢業班也先後舉行級夕晚會。級夕晚會是在晚上舉行的，主辦學校應屆畢業班發邀請函到各友校，請派兩位同學代表出席。有些主辦友校希望各校代表下午前來參與，如觀球賽，玩集體遊戲等等作會前交流。

香港的學校各有別出心裁設計的學校制服，主辦學校與各友校代表的同學都穿著自己學校制服出席。能夠被選派出席聚會的代表同學會感到很光榮的，因為他們不但代表了應屆畢業班全體同學，更代表了他們所就讀的學校。因此，各個學校代表出席的同學全是一表人材，對答如流，彬彬有禮。畢業那年我曾代表香港嶺英中學畢業班出席香港嶺南中學與九龍培道女子中學的級夕晚會。

當年，香港基督教聯校之間流行一首歌訣：「真光豬（不是珠。豬，表示敦厚沉實），嶺南牛（好動），培正馬騮頭（馬騮即猴子，也是活躍的意思），培道女子溫柔柔，培英苦力頭（捱得苦），嶺英太子公主遊*。」（二〇〇五）

*為寫此文，特致電現已退休安享晚年居多倫多的當年香港嶺英中學老師、多倫多大學漢語語言學教授、漢語語言學家李（郭）秋雲老師，她說在抗戰時期，廣東台山花地培英中學的學生很能吃苦，所以叫苦力頭。其後，洪高煌博士在香港銅鑼灣利園山恩平道創建香港嶺英中學，海外慕洪博士名的華僑父母千里迢迢把子弟送來香港嶺英中學住宿就讀，家境一般較為富裕，而華僑子弟中有些不太用功讀書祇顧遊玩耍樂，故有「嶺英太子公主」的說法。李老師還說，有些嶺英男生額頭頭髮留長塗油吹波，像貓王皮禮士利，滿頭油光閃閃，下雨天臉也不會被雨淋濕，人家叫他們做「大揹頭」云云。

女人心聲

我有十幾個談得來的女同學，經常有聚會，諸如郊遊，打球，喝茶，看電影等等，母親都認識她們。大概經過多年的觀察，母親對我的朋友有更深入的了解。

畢業做事後，有一天，母親在聊天時候又扯到我的同學們。

母親說：「看來看去，總覺得你和那幾個女同學都沒有女人味。」

「什麼叫做女人味？在學校時期人人叫我『斯文女』，證明我『溫文爾雅』，那還不算有女人味？」我站起來表示抗議。

但是，聽了母親的分析後，我就不能不同意她的說法。母親說我們幾個女人太獨立，做起事來幾乎完全不需要男孩子幫忙，自己一手辦好，我們不就是人家所謂的「女強人」？那個年代有一段時期，母親還真擔心過我們全都有可能嫁不出去！

母親十八歲與父親結婚。在母親那個時代，十八歲也算不太年輕了，而在我母親口中的這幾個女強人，結婚的時候都將近三十歲。雖然，我們這幾個新娘的年齡在母親眼裏是高一些，可是我們全部都沒做成「老姑婆」，現都有孩子和老公，家庭美滿，這一點，母親會感到很安慰的。

女人，永遠是老公孩子們的最忠實的「打雜」，任勞任怨。過去三十年裏，一天三頓和打掃幾乎把我們的銳氣磨光。現在大家在電話聊天的時候同聲皆稱，如果時光能倒流，我們都會從新考慮咱們的終身大事。大家都認為，如果我們還是獨身的話，我們的成就也許會比現在更燦爛和更美好，我們都願意回到女強人的時代去！（希望老公們不要生氣啊！）（二〇〇五）

嶺英女排

香港嶺英中學的籃球和排球六十年代在香港是稍有名氣的，女排尤其出色，每年全香港校際女排公開賽僅輸給聖士提反女校而屈居亞軍。我從校隊的後備打到正選和當隊長，從舊制九人打到六人的新制，也因一年對香港培中英文中學，那時候由於兩隊實力實在太懸殊，我連開二十一球而見報，被譽為「排球新秀」。當晚，母親弟妹都去捧場，母親說她緊張得心像快要跳出來而要走到外面透透氣。那場比賽在香港灣仔修頓球場進行，父親沒去，那年代，父親永遠是在忙他的工作。第二天，父親下班回家一進門，打開報紙指給我看刊登在體育版內那段有關我隊在那場比賽的情形，他那興奮的樣子我到現在仍然記得。

在嶺英，我經過兩位體育老師的教導，他們是黃仰之老師與周義老師，兩位老師要求很嚴格，男女生一起練球，一星期兩次。還記得男子隊有個「嶺英之寶」殺球能手我班同學盧安平；還有一個比我高一班綽號「和尚」吳國銘，球殺起來姿勢也很漂亮。我們女生喜歡跟他們一道練球，因為可以盡量發揮我們的潛能。我們很能挨打，為了救球，整個人趴在地上，弄到膝蓋流血也不叫疼，嶺英女排的實力就是這樣培養出來的。

那時候，除了週日練球以外，每星期日早上八點到十二點，嶺英女排隊員還要到香港銅鑼灣加路連山道的南華體育會球場加練。在那兒，我們先練跑後練球。嶺英有好幾位同學給南華女排教練黃亮夫先生（我們給他綽號——黃巢）選入該隊成為正選隊員，我是其中一位。每逢有外隊來，南華會就安排我們南華女子隊來個序幕賽。記得臺北女師專來過，日本魔女隊也來過。一次日本慶應大學男子隊也來了，那個晚上，我們打序幕賽完畢，在更衣室通道上向他們要校章作為紀念。那時候我們的日語英語都不靈光，臨時湊上當時覺得還算不錯的一個詞「school patch」，當時他們聽後一臉錯愕。我們還以為他們不懂英語，比手劃腳好一陣子。最後，他們的隊長從旅行袋裏掏出一把小章，我們拿到小章後不知有多高興。後來回家一翻字典，才知道用「school pin」或「school badge」較為恰當。「Patch」為「補缺」與「膏藥」、更可解為「傻瓜」。第二天回學校告訴她們，大家笑到肚子發疼。婚後到了北美，經過十幾次的搬家，東西失散了不少，這個日本大學的小校章也不知落在何處了。（二○○五）

話劇與我

如果說我演過話劇，諸位也許會有點兒不相信，是吧？提到我演話劇，要追溯到六十年代初在香港唸嶺英中學的時候。那時候，學校有許多活動，在各種活動中，最使我回味的是我們學校傳統之一的話劇演出。中學部各級一學期演一個話劇，那就是說一年得找兩個劇本。正如劇作家張明玉女士說一般人看小說多過看劇本，怪不得那時候負責找劇本的同學個個叫苦連天，差點要班會津貼買鞋錢。劇本找回來，班會職員表決用那一本，然後挑選導演與演員。說實話，那時候會演戲的同學並不多，臺上的主要演員每年都是那幾個，臺下觀眾都認得出誰是誰。文書印好劇本後，導演，演員與提詞聚會，各人在唸臺詞同時把對話加以修改，盡量使之口語化。

記得一年班會通過排演《父母心》一劇，我演母親，一位雅儒男生演我的兒子。劇本裏面有句臺詞是這樣寫的：「他媽的，要是讓我見到他，我就要揍他一頓。」在排練時，那位男生居然把「他媽的」說成「佢（他）媽媽」，然後臉上掛著問號說：「劇本是誰抄的？『媽的』兩個字後面好像少了一些字。」剎時間，有人頓足、有人敲桌，大家笑得人仰馬翻。諸位都知道「他媽的」是句罵人的話。大概那位同學太純情，不甚閱讀通俗小說吧。大笑過後，我們考慮到來看話劇的有低年級同學，演員對話不能過於粗俗，後來我們要他把「他媽的」說成「豈有此理」。

香港嶺英中學的戲劇傳統造就了好些校友在電視界，電影界，廣播界以及台前幕後發展，如著名演員夏萝、石慧、白雪仙、賀蘭等等都是香港嶺英中學的學生，正所謂人才濟濟。那時候，香港嶺英校友會每年對外公演一個戲劇，地點都在香港的大會堂劇院，一定滿座。校友會把公演戲劇所得全捐給母校，作為在校同學的助學金。他們演過的劇目有《一板之隔》，《釵頭鳳》，《紫薇園的秋天》，《家》……等等。一年公演《雷雨》，舍弟文添擔任「大海」一角，他的演技就令人拍案叫絕。

六十年代家庭戲劇《螳螂世家》作者阿瑩說過有朋友勸她寫劇本不如寫小說，因為銷路問題劇本稿件使出版社見到就頭疼。海外的戲劇運動說不上蓬勃，戲劇寫作水準遠遠落在小說創作的後面。觀眾是歡迎戲劇演出的，曹禺先生的《雷雨》、《日出》的演出歷久不衰就是一個最好的說明。希望海外的劇作家在忙碌的創作生活中多寫些動人的戲劇劇本。（二〇〇五）

我敬愛的老師

——《中國文字草簡源系》著作者：李秋雲女士

李秋雲女士原姓郭，她的先生為介紹引進西方野派至中國之首席畫家李東平先生。三十多年前移民加拿大，她在加拿大的學生稱她為李老師。我也是李老師的學生，也是三十多年前的事了，她是我香港嶺英中學國語科導師，我稱呼她為郭老師，她在香港嶺英中學的學生均稱她為郭老師。

短髮齊耳，身穿旗袍永遠是老師的標誌。我到中學六年級纔有機會上老師的國語課，那時她大概五十多歲。當年老師的國語課排在書法課的下一節，同學們來不及收起筆墨，她就會拿起我們的字評論一番，每個同學都被她的詞鋒吸引，爭相讓她相字說前程。記得老師說我不會很有錢，但我會有些名氣，最後說如果我將來當了校長，不要忘記她。實際上我大學畢業後回香港教書兩年就有一個機會當校長，之所以到現在仍未當上，完全是因為自己放棄，並非老師預言不中。

雖然我放棄了當校長的機會，但能夠與老師同在香港培英中學一起共事，得益良多，永遠不忘。老師在培英有一個雅號「老佛爺」，因為她學問淵博，人人都向她求教，我是老師的學生，托她鴻福，也有一個「小樹」的雅號，不必說，老師就是「大樹」了。我在大樹的茂密枝葉下，連交男朋友也離不開了老師的慧眼。外子能夠娶我，是老師作的媒。外子的房東是老師的朋友，曾經讓老師相過他的字。老師對他多次觀察：如突然給他電話著他開車接送，以試探他有沒有女朋友，最後又極力鼓勵他和我做筆友，先通信，再建議他來香港相親，來前又交給他一大疊信，要他親自交到收信人的手上。外子在香港沒有認識的親友，帶路人不必說就祇有我。那時候已經是七月份，我早就和學校續簽下一年度的教學聘約，每天上午到學校替中學會考班補習文史課程，下課後和他在香港九龍以及新界元朗酷熱的大小街道上奔來奔去找門牌，渴了就往餐廳裏一坐，涼涼冷氣，喝紅豆冰，出來又再去找，晚飯吃好，他送我回到家樓下，然後回旅館去。當時一點兒沒想到這是老師好心成全我們的步驟之一。

老師在香港培英中學擔任女生指導主任職位，並兼中學六年級的經濟學課程，自己擁有一個辦公室，經常有訪客，因此我們倆要聊天多在中午時候。每天中午休息，我在老師辦公室裏吃完午飯，把燈關了，脫了高跟鞋，腳往椅子一擱，眼睛閉上，古往今來，我和老師無所不談。

小時候北京家有一條胡同那樣長的老師，她的祖父在清廷做官，當李東平先生托媒人上她家的時候，老師還以為是替姑姑說親來的，躲在後堂偷聽。具有神奇靈性的老師一次夢見已去世的祖父告訴她自己左肩膀很冷，醒了把夢境告訴叔父。叔父到祖父墓前審視一番後，發現墳墓左角有一個洞，碗口大小，遂請人修補。

老師是一位非常孝順的女兒，每年清明節必回北京為母親掃墓，回程經香港拜祭丈夫李東平先生。李先生因照顧家庭，常年往來香港、日本之間，並帶回不少的日本養珠子，老師用珠子做成飾物給每個女兒留作紀念，也送我一雙用珍珠串成的葡萄式樣的耳環，這對耳環一直和我的陪嫁飾物放在一起。

移民加拿大後，老師仍然誨人不倦，在多倫多大學教授漢語，並著書立說。其先後完成的著作有：《中國的風箏》，《飛機的始祖》，《千字文全篇》和《中國文字草簡源系》等等，並於一九八七年至二〇〇〇年出任世紀漢語教學會加拿大理事，窮畢生精力鑽研中國文字變化。

《中國文字草簡源系》乃其在多倫多大學任教之教材，內含中國常用字五千七百五十五個，並以自創之「一筆草字」示範。是書共列出草字部首一百八十個，草字字型分類部首一百三十五個。草書型、音補查，草書部首檢字又分拼音、四角號碼、草書等。書內詳述簡體字的沿革，並列出合規格的簡體字。彼認為中國文字之草簡寫法更符合今日世代的急速步伐，並非因為簡繁體字優劣之取捨。

《中國文字草簡源系》一書為何鴻燊夫人藍瓊纓女士及各界人士捐助，總編輯唐滿筱和責任編輯海因兩位女士為此書編校。初版售書所得，老師全捐予多倫多中華中心圖書館，部分轉贈中國北京圖書館，香港大學，香港中文大學以及國內高等學府。

馮民鑑老師

在多倫多過的冬天最難忘記，整個人就被那雪花紛飛的景象迷住；那雪花下了又停，停了又飄，興奮起來就打開門跑到外面躺在軟綿綿的雪堆裏，然後再站起來欣賞自己留下的身影。

住在加拿大如果不懂得溜冰，那就少了一種很大的樂趣。室內溜冰場每一區都有，全家不管人數多少，一塊錢統統進去。那裏有溜冰鞋出租，但一般人都有自己的鞋子，連我這個剛入境的新移民也有一雙就可想而知。

外子玩冰上曲棍球，他喜歡溜冰就像孩子喜歡吃糖果，所以我剛到加拿大的那個冬天幾乎每天都去溜冰場。我喜歡室外溜冰場，那種感覺最美，尤其在渥太華結了冰的運河上溜，聖誕節期間，河的兩岸掛著閃亮亮的小燈兒伴隨著美妙怡人的音樂，令人欲醉，如墮仙境。

一天晚上，我們又來到多倫多市政府前面的室外天然溜冰場，這裏的人都不怕冷，真的，我也溜得很起勁。場內的人多起來往往會與人擦肩而過，不太會的人就驚險迭出和哇哇大叫，這，就是溜冰的樂趣。

和外子手拉手邊談邊溜，忽然，外子猛力一按我的手，說：「他是你的老師。」，「我的老師？」，正說著，迎面而來的是一個面目清癯的老人，來不及看清楚他的臉，就已經擦我肩膀而過去，外子立刻指著那人的背後說：「那就是你的馮老師。」問外子什麼時候見過馮老師，他說有一次載郭老師出去的時候，老師告訴他有一位香港嶺英中學時候的男同事，幾年前也移民此地，這位同事喜歡溜冰，快八十歲了，身體還行，禿頭，兩顆門牙有一顆是金的。外子還俏皮的說中國人八十歲還那樣的活躍並不多見，而且特徵那樣的明顯，不是他還有誰？外子並且說曾多次在市政府溜冰場遇見他，都是一個人。

提起馮老師，他是我香港嶺英中學中四年級的國文老師，那時的他也有六十多歲了。上馮老師的課絕對不覺得沉悶，因為他有說不完的笑話。記得他有個小動作，就是經常用手肘把腰部的皮帶往上托，曼就常數他在一堂課下來托過多少次皮帶。後來馮老師雖然換了雙吊帶子，但他的那個動作仍然沒有消失。

馮老師的教學風趣生動，我們不用費很大的勁就能記住課文的內容。記得一次他提到論語的「孝」，他說孝順父母是應該的，聽父母話是應該的，犯了過錯受父母懲罰也是應該的。因此，當父母用小籐枝體罰，我們應要接受，讓他們打幾下消消氣。「不過，同學們，」這時候馮老師臉孔突然收斂，聲音變得低沉下來，目光掃了全班同學一眼，繼續說：「有一點我不能不提醒大家的就是，假如他們拿木棍子來，那我們就要快跑了，不能給他們打個正著。」問為什麼？「父母拿著木棍子來追打，那時候他們一定是怒火遮眼，給他們逮住了，不用說我們一定會被打得遍體鱗傷，待他們怒氣過後，內心一定會更加難過的。好了，犯過錯已經不孝，身體受傷使父母傷心更是大大不孝！」同學們聽到這裏，都忍不住大笑起來。不過，現在回想馮老師對「孝」的解說是非常有道理的。

除了學問淵博，馮老師的音樂造詣也很高深，記得他教李煜的詞《浪淘沙》還帶了一把柳葉琴，邊彈邊唱：「簾外雨潺潺，春意闌珊，……」一直到現在，我還記得怎樣唱。

剛來到多倫多的那個冬天，我們和馮老師見過幾次面，如果連在溜冰場相遇也算的話，那就數不清有多少次了。馮老師已作古多年，但是，每次到溜冰場，當有人幾乎要撞到我身上來的時候，我會很自然的在那個人在我身邊滑出去之前往他臉上瞄一下。（二○○二）

女生宿舍與龍泉街

六十年代在台北的師範大學女生宿舍大門口是很耀眼的紅色。一踏進大門那幢樓我們稱之為第四宿舍，是最新蓋的一幢，多是教育系同學住進去。大門口左邊是小吃部，放有電視機及幾張桌子。過了第四宿舍及小吃部就會看到像四合院中間的空地，左邊為第二宿舍，理學院同學住；與第四宿遙遙相對的是第一宿舍，住著音樂系和體育系同學。那時候我在想校方為什麼把音樂系和體育系放在一塊？我中學的一位同學宋唸音樂系也住那裏。宋告訴我有時候那體育系同學打完球回來就大談賽事，越談越興奮，燈關了還在談，使她睡不著覺，後來宋的母親從香港來，於是她搬出去與母親住。走過荷花池，座落在第一與第二宿舍中間的那幢住的是文學院同學，是為第三宿舍，兩層高，二樓樓梯左邊第一間305號寢室就是我四年大學住的地方。一進門口就看到一排窗，從窗子往外望是一條街，那就是台北市著名的師大食街——龍泉街。

龍泉街並不長，街的一邊是舖子，另一邊是大排檔，他們所賣的都是吃起來又快又消費不很高的小吃，如牛肉麵、魷魚羹、蔥油餅、饅頭、餃子和各式水果等等。早期在我們窗子下面那牆壁還沒有翻新之前，在牆腳底下有一個洞，也不曉得是天然還是人為。女生宿舍晚上十點半關門後，肚子餓了又不能外出，我們就站在窗前朝著龍泉街大喊「老闆」。老闆們會走到街的中間，舉頭問我們要吃什麼，然後把我們叫的東西往那個洞塞進來，我們的錢也從那個洞遞出去，就這樣雙方買賣交易成功。消息傳出去，別的宿舍同學聞風也紛紛湧至。冬天時候，特別想吃，我們房間晚上就額外熱鬧，而龍泉街的老闆們也就更加開心。後來校方把舊牆拆卸，新牆築好後，我們寢室也就從此安靜下來，而我們305八位室友再也不用走到宿舍飯堂那裏溫習和餵蚊子了。（二〇〇一）

從臺北來的信？

那熟悉的毛筆字，談到我幾位師大同學的近況：沈謙執教師大，文華從師大退休，雄祥在清華也快退休和庭輝學弟在台東。此外還談到他三個女兒在北美，小兒子因工作關係經常來往大陸臺北之間。信讀完了，我要感謝臺灣三民書局的編輯們。

二〇〇〇年暑期，在美國德州達拉斯華人中心的書展，赫然看到汪中老師編著的《宋詞三百首》也在其中。由於序文部分老師仍然用他幾十年前寫的那一篇，不禁懷疑他老人家還健在否？於是打電話到臺灣三民書局詢問，接線小姐開始時不肯透露作者的一點消息，她的負責任令我敬佩，後來也許通過越洋電話聽到我尋師的誠意，她建議我寫信給編輯部，並說幸運的話我會得到回音。果然，三個月之後就接到汪老師的來信，他說暑期輪流在三個女兒家住而遲了給我回信，能夠跟汪老師聯絡上實在是欣喜莫名。

在臺灣國立師範大學唸國文系的時候，我選修汪中老師的《詩選》課程。記得上第一堂課老師要我們填寫平仄，也許是我那張白卷震撼了老師，他一直對我的作業很關心。為了不讓老師失望，雖然不至引錐刺股，但也很勇敢的在宿舍關燈後到飯堂去餵蚊子，將勤補拙。

老師的鼓勵教學法對我很有效，那一年，拙作常被老師在黑板展示。

不記得我在詩裏或是對句寫過——「蜻蜓點水飛」一句，老師讀後頗為欣賞。我的國文基礎一直是「清澈可鑑」，攻讀文科祇是母親的意思。那時候，除了必需的課文，課外的書我是不會自動去讀去看的。因此，當老師說我那一句頗有杜少陵風格時候，你可以想像我是有多迷惘！有同學說我是抄杜甫的詩，我感到很委屈。可不是嗎？當時詩書不多讀的我根本不知杜老的詩裏面有這麼一句！

那天下課回宿舍後立刻翻那本厚厚的《杜詩鏡銓》，當翻到卷四〈曲江二首〉時果然有一句似曾相識，真嚇我一跳。之後，我原諒那一位說我抄襲的同學，因為他才是一位認真讀書的人。請看杜甫的〈曲江二首〉原文——

一片花飛減卻春。風飄萬點正愁人。且看欲盡花經眼。莫厭傷多酒入脣。
江上小堂巢翡翠。苑邊高塚臥麒麟。細推物理須行樂。何用浮名絆此身。
朝回日日典春衣。每日江頭盡醉歸。酒債尋常行處有。人生七十古來稀。
穿花蛺蝶深深見。點水蜻蜓款款飛。傳語風光共流轉。暫時相賞莫相違。

果然，杜老那句「點水蜻蜓款款飛」和我的「蜻蜓點水飛」有點兒像。

自此以後，我愛上了這兩首詩，也愛上了杜甫的詩與杜甫的草堂，更把我的書齋命名為——乘風草堂。（二〇〇〇）

橋嘴的水落石出

有朋友看了我的短篇小說《李楓》，打電話問香港果真有那麼一條石子路？我不是基督徒，但是讀了好幾年的基督教學校。記得舊約聖經內有記載摩西帶領以色列人出埃及，過紅海時手一揮，海水馬上往兩旁退，人們安全渡過後，海水又湧回來這段神蹟。

橋嘴是香港大嶼山西貢對開的一個小島，不但是個優美怡人的遊覽好去處，它還有一個奇異的景觀，讓第一次去的人目瞪口呆，而且兩次、三次的再回去觀賞。在這裏的奇觀與聖經裏說的差不多，但不需要像摩西那樣揮手祈求，而且是天天可以看到。橋嘴對開也有一個小小島，每天中午過後，分割這兩個島的海水慢慢的往兩邊退出去，不到一個小時，你就會看到一條長長的石子路從橋嘴這邊直通對面那個小小島。我沒有量過石子路有多寬，總該有一百公尺吧；我也不曉得路有多長，每次看錶大約走一個多小時，那是因為沿路的石子大小凹凸不好走，加上因水退而留在石頭上的小蝦、小蟹以至水母、貝殼，五彩繽紛，奇形怪狀，豈能直眼而過？於是乎會停下來，欣賞之餘檢些放進口袋，就因為這樣，耽擱不少時間。到了對面的小小島，登上小丘坐一會兒就要馬上回程，因為橋嘴的村民說這每天「水落石出」的時間僅有三個多小時，因此，每次走回來的心情特別緊張。

回想第一次去橋嘴是六十年代我在香港嶺英中學唸中學三年級，參加嶺英校友會香港總會的郊遊，一大夥到了西貢後順利上了船，那是一艘捕魚的帆船。聽校友會會長說有一位畢了業的校友住在橋嘴，是他為我們安排一切。

那時候的橋嘴住民沒幾家，島上荒涼得很，卻寂靜得可愛。其時，我們在校的同學站在一邊，看著那些年長校友忙來忙去：有生火烤肉、有淘米煮飯、有在炒菜和準備飯後甜品紅豆湯等等，對這一切都感到新奇得很。往後幾年，我們班上十幾個談得來的同學自己組隊前往了好幾次，就是因為那條石子路吸引我們一去而再去。

一九八五年母親生病，我帶著三個孩子回香港。母親想到我行李太多不便攜帶，囑咐我把留在家裏的所有相簿郵寄回德州。聽母親的話，好不容易把那六大相簿包好，捧到香港灣仔皇后大道東那個灣仔郵政局全部寄走。豈料回到德州，那些經我手寄出去的相簿竟然去如黃鶴，始終沒寄到我美國的家。不必說，我珍貴童年時代的照片就全沒了。

相簿失蹤，無法可尋。打電話回香港訴苦。妹妹可憐我失去回憶童年的資料，於是從她的相簿抽出幾張我小時候的照片寄來，至於其餘的照片，因為沒人有魔術棒，所以不能變回來給我了，我的心因而痛了好長的一段時間。

撥個電話到加拿大給老友曼，她是當年橋嘴玩伴之一，我和她從中學一年級就認識。她寫得一手漂亮的字，是我們曜社演話劇的主將，歷任班會要職。記得有次幾個女孩子在她家裏過夜，各人心事吐盡，她曾說過希望將來的老公高高的、戴眼鏡、而且是個醫生。天從她願，先生是個內科醫生、高高的，又有近視眼。現在子女事業有成，自己偶爾到診所幫忙算算賬，生活寫意得很。問她有沒有我們當年在橋嘴拍的照片，她說沒有。不過她記得那時候我們每次去都是珍帶炊具，現珍人在英國；芳主持飯後集體遊戲，她現在Pittsburgh開餐館，一年我們全家去探訪她，並吃到她先生的拿手菜式，兒子已成家。芳說好像有，以後找到會寄給我，那天晚上我高興得睡不著。

曼說那條石子路沒有一百公尺那麼寬，但她不能確定；她並且說那條石子路走半小時，但她沒有把我們撿貝殼石頭的時間也算在內。幾十年前的事，誰都記不清楚。不過，她卻清清楚楚記得當那條石子路的水湧進來時候水很深，大家都在那裏游泳，有一次，她還被貝殼劃破了腳，而我卻記不得這樁事情了。不過，我們都記得每次去一定多帶幾個塑膠袋放貝殼。下一次若你到香港旅遊，想去橋嘴尋奇，記得多帶幾個膠袋，保證滿載而歸。（二〇〇二）

輯三

寵物篇

出遊

每次參加旅行團，天天一大早morning call。梳洗後收拾行李上旅遊巴士，晚上下榻旅館。第二天，依樣葫蘆。旅行社都以入住五星級旅館為號召，也的確每天住的旅館不一樣，各有特色；可每天一覺天明又匆匆啟程，真正躺在「五星級牀」又有幾個小時？

有朋友說我外子真好，每次旅行都陪同在側。唉，諸位有所不知，每次與外子一道出遊他都對人說在「陪我」，他本人對旅遊不感興趣。不但如此，他還說「天下花草沒兩樣」，「山是山，水是水」。

過去，對於外子「出遊」的高深理論總是不以為然，覺得是他的藉口：不想去。

最近，我用了一個半月時間出遊，遊覽地點包括西安、南京、浙江新昌、上海、北京、青島、曲阜、濟南、臺北和香港等等名城勝地。以前出門也有過六個星期的紀錄，到處遊玩，心安理得；但這次卻不一樣了，三個星期之後就開始想家，心裏不踏實，不但心裏一直在想家中三個已經在上班的孩子每頓吃什麼？是否「頓頓外買」，懶得煮？還有，上班後大門有否鎖好？尤其記掛家裏的小狗麗芝，中午沒人放她到後院去方便。一想到這兒，眼前立刻閃過一個畫面——愁眉苦臉的麗芝站在窗口前發呆！

我真的是「瘋想」了！

俗語說：「一生兒女債，半世老婆奴」。「兒女債」我現在已經領會到了；至於「老婆奴」，就留給我另一半去體會吧！

走筆至此，給閣下一個問題：為什麼男人做「老婆奴」祇半世而父母背「兒女債」卻要一生？（二〇〇九）

我愛麗芝Lychee

「這條小狗像不像我家麗芝？」我說。

「怎麼像呢？麗芝身上沒有斑點。」外子邊說邊繞過那條小狗，抖抖手上雨傘，快步踏入電梯。

那條小狗滿身是泥水，原來她身上的斑點是泥巴來的。

外子回頭看我還呆站在那兒看那條狗，揚手催我快進電梯。

那條髒狗躺在人來人往的電梯旁，肚皮朝天，就像麗芝在撒嬌時要我給她搔癢的樣子。

此時，我忍不住了，向著她大叫了一聲：「Lychee, Grandma is here麗芝，外祖母在這兒。」

髒狗笑了，嘴巴裂得大大的，笑得與麗芝一樣甜。

我眼淚下來了，原來她一直在尋找我們而弄得如此骯髒，彎下腰想把她抱起……鈴、鈴、鈴，那熟悉的每天早上把我弄醒的鬧鐘聲音——是昨天的一個夢，醒來用手揩揩眼角，濕濕的。

自從今年九月小麗芝踏入我家門檻後，我們一家五口人的身份立刻改變：每一個人都升級了。譬如說老大升級為舅舅、老三做了阿姨、外子是外公而我是外婆，至於我家老二，因為她力排異議自掏腰包，從飼養員那裏把小麗芝抱回來，在無人投反對票的情況下，於是乎堂哉皇哉的自稱為小麗芝的母親。

麗芝來時一個月大，體重只有一磅，要用動物小奶瓶餵她吃奶，兩大匙的奶水一下子就光了。屋子樓上樓下地上舖滿了紙尿布，老二說是為了要訓練女兒大小二便。一般來說麗芝都下得很準，有時候因為小屁股沒有後眼，在挪來挪去時下不準也是經常有的事，這時候就需要兩個人合作，一個抱她起來擦屁股，一個處理善後，身為母親的老二在這時候就會把麗芝抱起來，嘴巴重復的說：「No, No.」然後，按麗芝的小屁股在乾淨的尿布上坐上幾秒鐘，說是讓她知道那兒纔是大小便該下的地方。老二說她閱讀一些書報，說這個培訓舉動很有效的。

誰不知道要學會一種行為，一定要經過重復學習方能達到需要的效果？可是，我們麗芝對於這種專業培訓到底懂多少那就不得而知了。

我那可愛的老二認為麗芝是自己抱回來的，麗芝一切的活動如吃飯睡覺都應該在自己房間裏進行。可是，一個星期下來，她的被單牀罩洗了好幾次之後（因為麗芝晚上和老二同睡尿了幾次牀）。我心疼她晚上沒睡好覺，第二天上班沒精神，於是到Target買來兩套圍欄，在廚房一角給小麗芝圍了一個房間，並且訓練她吃喝睡都要在裏面。如此，老二才能一覺睡到天亮。

麗芝來的時候是夏天，為了不讓麗芝著涼，家裏空調比平常高些，這正合孩子們的心意。夏天時期孩子們一直嚷著家裏像冰箱冷，主要是室內溫度低一些我才覺得舒服，外子說我是更年期的關係，我覺得他瞎說。冬天來臨，我們特地到Walmart買了一張大地毯鋪在廚房地上，免得小麗芝受涼感冒。為了照顧小麗芝，我們挖盡心思。

麗芝來到我們家，從喝牛奶的小狗到吃罐頭肉醬，以至粒狀的狗食物；從待在樓下而學會上下樓。最近她的乳齒掉了七八顆，我們心疼她粒狀硬的狗食物咬不動，又給她吃回肉醬。看著她一天一天的成長起來，我們一家人給她的愛是算不出來有多少。不過，麗芝給我們的回報也不少，每逢我們從外面回來，臉都給她的舌頭舔過，連一顆灰塵都沒有了。記得她剛來的時候，有人從外面回來，她興奮得屁股也快給扭出來了，爪子走在咱家的瓷磚經常失控，走廊猶如她的溜冰場，身子是滑過來的，姿態美妙。麗芝學會上下樓梯後，變了一個小管家，經常上下走動，東瞄瞄，西嗅嗅，看她好樂啊！

家裏添了狗寶寶，立刻送電子郵件給香港的大妹，當然也連帶送上麗芝的照片讓大家看看。第二天收到大妹的回郵，兩個字：「Whose idea? 是誰的意思？」我明白她的意思，她是說我忘記母親的叮囑。

我怎麼會忘記母親的叮囑？永遠不會。小弟上中學時候從同學那兒把阿旺抱回來，一養就十六年。母親去世，老爸以自己年邁力衰，我們兄弟姐妹天各一方，著小弟送阿旺去防止虐畜會人道毀滅。前幾年小弟來達拉斯提到阿旺時仍潸潸淚下。

我是一個感情過於豐富的人，真正了解我的人都如此說。一個容易掉眼淚的人是不適宜飼養有生命的東西。花開花謝我都可以難過幾天，更何況是有靈性的動物？去年老二為要飼養小狗，我不答應，我倆為此吵了不知多少次。老大叫我要堅定不移的拒絕她的要求，我也曾嘗試要做一位冷酷不妥協的母親，可惜我沒有做成功。哎，天下父母向自己子女低頭妥協絕對不會祇有我一個，是吧？就是這樣，小麗芝進門了。

我知道我們全家以後的日子會是什麼樣子：回家大門打開就有麗芝搖尾巴高興的歡迎；有麗芝的舌頭替我們洗臉；電視機聲浪晚上不能太高，吃飯時候桌下永遠有麗芝趴著，偶爾會叫幾聲表示她要吃人類食物；半夜醒來，會發現麗芝在我們的房間地毯上睡著，我們會起來給她蓋被……還有呢？你替我想想還有什麼？（二〇〇五）

我愛阿旺

我大學畢業從臺灣回香港那一年，小弟從同學那裏領回來一隻小狗，家庭會議一致通過叫牠「阿旺」。

阿旺到我們家不到一星期，客廳裏椅子桌子的腳全都被牠咬過，留下許多「美人斑」，母親心愛的咪咪也怕牠幾分。阿旺生氣起來兩眼發亮，還會咬人，我們一家全給牠咬過。外子從加拿大回香港與我成婚那一年，也許阿旺曉得外子也快成為甘家一分子，我們準備到婚姻註冊處的前一個晚上外子也難逃「旺」嘴。註冊那天拍的照片還可以看到他的右手掌纏著沙布。現在每次看結婚相本的時候，外子就會說若不是看在我的份上，那天晚上就把牠送上天！

當年，我家最能得到阿旺尊敬的就是父親和大弟。你想知道為什麼嗎？且聽我道來：父親與大弟認為連主子也咬的狗得好好教訓，使牠以後不敢造次。所以，當他們倆第一次被阿旺咬的時候，就立刻拿起椅子朝牠那兒扔去。那一著，不但嚇壞了我們的寶貝阿旺，也嚇壞了母親與我們。往後，阿旺果真再也不敢動父親與大弟一根汗毛，每天二人下班回來，阿旺嘴巴必定銜著一隻拖鞋、搖著尾巴來討好他們；而母親、小弟、大妹、小妹與我仍然是牠的磨牙對象，因為我們被咬後什麼也沒向牠扔去。

阿旺的飲食一直經由母親悉心照顧，牠和我們吃同樣的肉食與水果，從沒吃過所謂的「Dog Food」（狗食物）。牠喜歡吃牛肉，愛啃骨頭就不用說了；水果類牠喜歡橙。在牠生病的時候，為了要餵牠吃藥，父親把醫生開的藥丸塞進橙裏面給牠吃。雖然有時牠會把橙吃了而吐出藥丸來，可由於牠實在太喜歡吃橙，或也許在牠狼吞虎咽的時候嗅覺短暫失靈，因此，吃進牠肚子的藥量還能足夠治好牠的病。至於零食，阿旺喜歡的可多樣化了：椰子糖是牠最愛的甜品，而且是吃硬不吃軟的；各式美味的餅乾如檸檬夾心、椰子威化、茶餅、老婆餅……牠都照樣吃進牠的五臟廟裏去，吃完還會拱著手作拜拜狀表示再要。光是牠眉頭皺起來的神情與「唔唔」撒嬌的聲音就使你心軟一給再給。

一九八二年的秋天，我帶著老大老二回港省親，那時的老二已經開始學爬行，母親把阿旺鎖在房間裏，免得牠去找老二磨牙。可是，阿旺被鎖不能自由走動，經常在大叫大跳，晚上叫得尤其厲害，弄得父親不能入睡。於是，聽大弟建議，暫時把阿旺送給他一位住在離島長州的朋友。阿旺走後，家裏是安靜多了，而我兩個孩子在屋子裏也可以走動自如，不必處處提防阿旺。

如此過了一個星期。一天晚飯過後，窗外風雨交加，天氣突然變冷。臨睡前，我走進母親的房間想替她把窗子關好，經過母親的牀沿，看到母親靜靜的躺著，眼角有淚光。

「媽，是不是天氣變您身體不舒服骨頭疼了？來，讓我來替您捶幾下。」

「不是，我的骨頭還好，沒事，不必擔心。外面下大雨，氣溫驟降，不知道阿旺現在長州怎樣了？」

我明白送走阿旺是為了我的兩個孩子，聽了母親的這番話，突然覺得自己是個大罪人，於是安慰母親說第二天會與她到長州看一下。

第二天清晨，風雨停了。在小妹帶領下，母親、我與老大老二一行五人乘船到長州去。出發前買了一磅叉燒肉，因為阿旺最喜歡吃烤過的肉。到快登船的時候，我才發現沒帶拴狗的長繩子，正要向母親提起，卻被小妹拉住走到船頭處，然後悄悄的附在我耳畔說：「別說了，到了長州能不能找到阿旺還是未知之數呢！」真想不到平日這個連水開也不曉得的我家老么今天居然如此老練。

好不容易一個小時過去，長州在望。船靠岸，踏出碼頭，迎面走來一隻與阿旺相似的白毛黑點的小狗。小妹一時忘形，大叫「阿旺」。我心想「糟了，她的理智還是被感情所埋葬，我要對她從新估量。天下間樣子相似的狗實在是太多太多了，這個不會是阿旺吧？」正想要拉住小妹著她別叫喊之際，那隻小狗竟然使勁的搖擺著尾巴跑過來。天啊，牠正是我們的寶貝阿旺，沒錯。當時碼頭上人來人往，小妹用帶來的叉燒肉領著嘴饞的阿旺一直往海灘走去。在海灘那兒，阿旺把叉燒肉全吃光，舔舔嘴，再往自己身上舔了一回，然後跳上長椅子上，脖子伸長，嘴巴向著白白的天空「嗚嗚嗚」的叫起來，像在向天公要求什麼似的。

看著阿旺這可憐模樣，耳聽著牠如泣如訴的叫聲，母親，小妹和我都禁不住哭出來了。看著三個在不停擦眼淚的女人，當時四歲的老大神情茫茫然，若有所失。

也不曉得我們擦了多久的眼淚，覺得天色開始暗下來了，有點涼意。眺望海面遠處上空，片片雲霞鮮豔得出奇。心想風雨也許還會再來，該回家了。在回碼頭途中，阿旺一直走在我們前面，時而回過頭來看一下。最後，我們要登船了，奇怪的是阿旺並沒有跟進來，只站在鐵欄杆外邊。當船緩緩離開碼頭的時候，看到阿旺仍然在那人來人往的碼頭走來走去，像在尋找什麼似的。其時，我的心像被針揪了一下，隱隱作疼。

當天晚上，我到樓上找大弟，他對我們當日到長州見到阿旺大表驚訝。我問他狗送何處？他說一走出碼頭往左轉，沿著石級路上去第一座房子就是，他還說那裏的狗自出自進不用擔心。我說母親前一天晚上為思念阿旺而傷心流淚，我們應該盡快把阿旺要回來，約他第二天到長州。

第二天早上，不出我意料，大風雨果然又來了，比前一天還要厲害。我到樓下那家榮華酒家買了一磅叉燒肉，這回我記得帶拴狗繩子了，出門前拿了一把雨傘。在船上，大弟一直沉默，不停抽煙。

好不容易等到船靠岸，我們打著雨傘匆匆走出碼頭，冒著狂風暴雨直登石級路，走到他所說的那位朋友家門口，可是不見阿旺。大弟說狗會亂跑的，不如到別的地方找去。行行重行行，豆大的雨點打在我的眼鏡片上，視線模糊。忽然，聽到大弟說：「前面那家茶館門前像有一團東西。」心一振，快步走近一看，那團東西雖然全濕透，還可以看得出是黑白相間。「阿旺」，大弟與我幾乎同聲叫出來，那團東西立刻使勁的在搖擺著，水花四濺過後，那果然是阿旺沒錯。我們走到旁邊梯間，放下叉燒肉，趁牠在低頭吃時趕快用繩子把牠拴住，而牠也乖乖的讓我們拴，完全不反抗。上碼頭，出碼頭，叫計程車。計程車司機要我們多付十塊錢，因為我們有狗同行。其實，儘管計程車司機不要求我也會多給他幾塊錢。阿旺一個多星期沒洗澡，又臭又髒，濕淋淋的，更沒有帶上口罩，人家讓牠上車已經是我們的運氣了，錢是小事。

阿旺回到家裏的那個晚上：母親笑了，忙著弄飯給牠吃；小弟摟著他，搓搓牠的脖頸兒；小妹給牠洗個大溫水澡後，帶牠走進母親房間，把繩子鉤在母親的牀沿；我的老大老二還像平常一樣在客廳的一個角落玩耍；大弟如釋重負的回到樓上去，父親坐在沙發椅看報……偶爾傳來阿旺輕而低沉的叫聲……。（二〇〇六）

鳥夫妻

開始時有一隻鳥在院子右上角靠電箱杆那兒飛來飛去。第二天，發現院子左邊靠近車庫門口那棕色電箱頂有乾草一堆，一隻鳥在上面蹲坐著。第三天早上，我如常到外面澆水，看到牠仍然蹲在那裏。我對孩子說不要打擾牠，看來鳥媽媽要下蛋。

今天午飯過後到外面打掃，那兩盆韭菜昨天剪過，一夜之間竟然長了一吋多。舉頭想看看我的鳥朋友，牠來了雖然只有幾天，我已視之如一家人。豈料不看猶可，一看嚇我一跳，因為電箱那堆乾草不見了。忙高呼老大出來，這同時，走上兩步往柱子下面一瞄，那兒果真有草，草上躺著兩隻雪白可愛的小蛋。此時，老大和老三同時奔出來了。我拿起那隻表面有一點裂縫的蛋，發現底部早已裂破，蛋白已經散流在草上，我心猛地有一陣疼。老三大概看見我的臉色不太好看，拉拉我的衣袖，說：「Mom, their babies always die.牠們的孩子經常會死的。」我聽了心頭一震：「難到這個十七歲的小姑娘果真如此灑脫？或為的是安慰這個容易傷感的媽媽？」那一刻我沒時間去分析。跟著再翻看另外一隻，似乎完整無缺，心想還好，不然牠該會有多難過！

老大比我高，於是著他草連蛋放回原處。他邊放邊在嘀咕，意思是說放回去也沒用，草如此輕，剩下那隻鳥蛋早晚也會遭到同樣的命運。而女兒還加一句什麼「適者生存」，不必如此做。他兄妹倆的話我當然沒一個字聽進耳朵裏，忙從花盆旁邊搬了一塊紅磚，自己站上木椅子，磚壓在草上，如此，儘管再有風來也吹不走了。可是，草太硬了，那隻蛋躺在上面看來搖搖欲墜。我很不放心，想在上面鋪一塊布。對此，女兒又有意見了，她認為東西放太多不像牠原來的家，鳥回來認不出就來會飛走的，想想也有道理，因而作罷。

「牠到哪兒去了？小蛋與草掉下來到底牠知道不？難道牠是因為毫無辦法絕望而去？」正在思量，忽見木柵上站了一隻鳥兒，很像牠，一直沒有飛走。於是，我轉身進屋子裏，並且把門關上，從玻璃格子往外看。果然，牠立刻飛上那電箱上面去。由於那塊紅磚把原來電箱的面積佔去一半，剩下地方比原來的小，但見牠細小的身體挪來挪去，似乎嘗試找一個最合適牠蹲下的角度，就如此折騰了好一會兒牠才安坐下來。

門打開，再次走出去，坐在老大那張健身牀上，游目四顧。忽然，一隻像「牠」的鳥站立在左邊木柵上迎風不走，目光忙移至電箱上，看見牠仍安蹲草上。那麼，這像牠的又是誰？我拿起掛在胸前的眼鏡戴上再看牠一眼。噢，原來這個牠嘴吧裏含著一根長長的乾草。我明白了，這是牠戀戀不飛走的原因，牠是鳥阿爸。於是乎我又轉身走進屋子裏面，關上門，從玻璃格子往外看。但見牠立即飛上電箱去，放下那條乾草後又飛走了。看見那條

從電箱垂下來的褐黃色的草在微風中搖擺，這時候，我整個心才算是真正的安下來。（二〇〇三）

輯四

心情篇

說夢

我很會做夢，我的夢可以橫跨東西，貫穿南北。有些夢是黑白，有些夢是彩色，有些夢境會重現，更有些夢分上下集，需要等下回分解，往後夢會再回來繼續下去，給我來個大結局。

一般說來，我醒後都會記得夢的內容，很少迷糊。我做過的夢實在太多，要說說不完。好像對你說過我小時候經常夢到自己會飛，不但自己會飛，還能夠領著別人也飛起來是吧？小學時候，我住在香港的一幢三層高房子的三樓，從三樓到二樓的梯級有二十幾級，筆直。木扶手靠一邊牆壁，每次下樓戰戰兢兢，怕滾下去。夢裏的起飛點每次都在三樓，腳離地後便往二樓飛下去，過了二樓轉彎處直飛街上後再往天空上衝去。人會飛就不會跌到了，那種感覺真舒暢。

小時候，母親在我們生日那一天煮紅雞蛋，生日的可以吃兩個，不生日的衹吃一個。我喜歡吃蛋白，一個蛋剝開的蛋白沒多少，吃不過癮。告訴你，夢裏我除了會飛，還經常夢到自己捧著一個大碗，碗裏全是煮熟的雞蛋白，真是樂透了。可惜，每次夢裏正想要打開嘴巴大吃的時候，我就在這個時候醒了，眼睛打開。因此，夢裏的雞蛋白我沒有一次吃得成功。

有人認為夢是一個人在醒來狀態所想及所經歷過的一種潛意識的延續。相信上述我的例子可以為他們做注腳吧。（二〇〇四）

罵

少年的我在五兄弟姐妹當中和母親談得最多也談得最深。氣盛的我對於各種事物都有與眾不同的看法，母親常常說我在指罵她，我聽了很委屈，向她解釋說我是在和她論道理。可是，每逢我倆在論理的時候，她生氣，我也更生氣。年復年，母親與我也論出更多更深的理。

寫作朋友除了寫像我外子認為談風花詠雪月的文章之外，大家也許會寫一些揭人之短、揭己之短、捧人之長和捧己之長。你是、我是、人人皆是。總而言之，寫作朋友都是很勇敢的：大家都很勇敢的去暴露自己與別人。

有朋友說他寫作就像翻開自己的肚臍給人看。肚臍是人體的一個隱蔽而又不太美觀的部位，翻開肚臍示眾，也就等於自揭其短，這是他自謙之詞。不過，我祇同意他那屬於我上面四分之一的說法。

聽說有位先生寫書百本僅四本付梓，皆因他在書中愛罵人與罵事。我學識淺薄沒有拜讀過他的大作，沒有資格去評論。但有一點可以證明的是其他九十六本書中提到的人與事一定有人看過，他的目的已達到，我們不必替他難過。

人與事是相輔相成的，有人就有事，有事就絕對離不開人。事由人所控制，但可惜的是人又往往控制不了事，就這樣：矛盾來、結果露；事壞了，與該事有關的人也就慘了，肯定挨罵。含沙射影，刺得你渾身不自在；點名道姓，使你無地自容，恨不得有枝魔術棒往自己頭上一敲，立刻消失。

罵，惡言加於人也。當我們遇到不平的事都會氣憤填胸、聲調擡高、面紅耳赤，正所謂火遮眼的時候就會忍不住破口大罵。也不知道從什麼時候開始，人們用「潑婦罵街」來形容人在極怒時之醜相。這四個字對咱們女人的的確確極盡侮辱。不過，請想一下，在盛怒之下還能柔聲細語，那個人可不就是超聖來了

有些想罵人但又欠缺勇氣面對面指責對方的人往往借助文章。即使老編答允刊登罵人文，你能保證被罵的人一定看到？如果弄到大街小巷通天而主人翁卻不了了，既耗盡心思又浪費筆力。借文罵人，又何苦來哉！（二〇〇〇）

誰不怕髒？

本人怕髒。可是，我沒有一枝魔術棒把家裏每分鐘都能維持完美無缺的局面。外子說家裏不是陳列室，不必太整齊，他的話把我的懶遮蓋無遺。然而，自己對於家裏的廁所無論怎樣洗弄，仍然因為有孩子而使潔淨蒙上陰影而感到非常不舒服；他，又說我煩惱自尋。

香港家的廁所因為有愛乾淨的母親照顧，而且地下有去水道，用水一沖也就隨心所欲。有時小狗「阿旺」來不及下樓尿尿，逕自走到廁所裏搞定，母親用消毒水一沖全無異味。至於小弟告訴同學說咱家「阿旺」會站到廁所板上尿進去那祇是開玩笑，想不到居然有同學相信，並且在下課後跟著小弟回家說要看看這頭「神犬阿旺」。

到了臺北師大住宿舍，女生廁所及洗澡房就在樓梯轉彎處。三十多年前許多臺灣的大學廁所仍然是蹲坑，使初臨貴境的香港學生很害怕，怕掉下去。一位室友如厠不小心，竟然惹來婦科病，天天用滴露洗不告訴我們。一天晚上，正當大家在房間溫習，她竟然衝到外面走廊想跳下去，幸虧我們把她抱住才不致弄出人命，後來在臺大醫院看好。醫師提醒我們到公厠要小心。很不幸，在學校的廁所也是公用的，故此防不勝防。

《廁所美學》一書作者說西方和日本的廁所比大陸臺灣乾淨，我絕對同意她的說法。可是，在美國，每當我們穿州越省要使用在高速公路旁的廁所往往覺得其潔淨度使怕髒的人仍然不放心，尤其是帶著小孩子的母親？

前陣子到Walmart逛，在擺放洗頭水的架子上發現幾毛錢一包的蓋板紙（Toilet Seat Cover），經濟實惠，有潔癖的朋友不妨多買它幾包，下次帶孩子外出旅行時保證你的心情一定更為暢快。（二〇〇二）

誰說女人是弱者

二十世紀初母親那個時代的婦女，腦子裏裝載的是舊式的禮教，順從就是美德。舉一個例子吧：聽母親說她那時候的農村婦女以端莊平胸為時尚，因此，少女在發育時期要束胸，內衣緊緊的把胸脯壓縮，看不出有曲線就是美。這種老式審美標準到底由誰來擬定相信現在是無從可考了。當時的女人們在這個美的標準所影響下，對生來胸部平坦的婦女沒甚影響；可對那些身段豐滿的婦女來說，束胸就是受罪。母親說她有好幾個童年玩伴每天連飯也不敢多吃，呼吸也不敢用力，就是擔心內衣扣子隨時會爆開。

有看過《飄》那齣電影吧？故事發生在十九世紀中葉。書的第一章對女主角思嘉麗有以下的描述：「一八六一年四月一個晴朗的下午，思嘉麗同塔爾頓家的孿生兄弟司徒爾特和布倫特坐在她父親的特拉農場陰涼的走廊裏，她的美貌顯得更明媚如畫了。她穿一件新綠花布衣裳，長長的裙子在裙箍上舒展著，配上她父親從亞特蘭大給她帶來的新綠羊皮便鞋，顯得很相稱。她的腰圍不過十七英吋，是附近三個縣裏最細小的了，而這身衣裳更把腰肢襯托得更完整，加上裏面那件繃得緊緊的小馬革，使她祇有十六歲但已發育得很好的乳房便躍然顯露了。……」。

讀了上面的描述，當時西方對女人的審美標準我們也可以了解一二。原來那個年代的西方女人也是穿緊身的衣裳，束胸細腰也是當時時尚。看那演思嘉麗的影星慧雲李天天要傭人幫她束腰，氣也不敢多吸的痛苦與我母親那個時代婦女束胸的痛苦絕對是一樣。

看！女人勇敢的去適應環境，勇敢的去接受挑戰，勇敢的去改變自己。女人最能忍受痛苦，這個痛苦包括肉體與精神兩方面，誰說女人是弱者？（二〇〇五）

回流

曾有朋友告訴我到西雅圖一定要看三文魚回流。二〇〇六年九月與外子到西雅圖遊玩，就有機會親眼看看這個大自然的奇觀。

在西雅圖東十五哩處有一個地方叫Issaquah，那裏有一個三文魚孵化場。每年五六月開始一直到十月左右，成千上萬不同種類的三文魚就到上游來產卵。三文魚是鮭魚的俗名，北半球的魚類，生命循環奇特：在淡水環境出生，後移到海水生長，其後又回到淡水繁殖。研究發現，游進溪流的鮭魚有百分之九十都曾在同一條溪流誕生。據說鮭魚「回流」到自己出生地進行繁殖的原因至今仍然是個謎。

「回流」是現在的一個摩登名詞。人有回流，魚也有回流。記得小時候在香港灣仔國泰戲院看過一齣卡通片《小鯉魚跳龍門》，色彩鮮豔，畫面生動，內容是說一群小鯉魚經過許多困難，終於跳過龍門回到自己老家那邊去，從此過著快樂逍遙的生活。看《小鯉魚跳龍門》時少不更事，不太理解小鯉魚們的心情，祇是覺得他們很辛苦。當年影片裏小鯉魚跳龍門回家的千辛萬苦，我到了西雅圖的Lake Sammamish才深深體會到真魚兒「回流」的痛苦。

站在石橋往前面看，遠處是一個湖，那是Lake Sammamish，一條連接著湖口佈滿大小石子的淺水河道流過石橋底下，黑黑胖胖的魚兒，密密麻麻堆擠在這段交界的淺灘。過了淺灘，就是一個小瀑布似的小水壩，能跳上去就能到達另一處較高的淺水河段，那是魚兒們第二站休息的地方。經過長途跋涉進來的魚兒，在橋底下那裏休息後便準備迎接這第一個挑戰：但見一條條肥肥胖胖的魚兒迎著小瀑布跳上去又很快的沿著小瀑布的水流下來，跳上去又流下來。我在那兒站了好幾分鐘，始終沒看到一條三文魚能跳過那小瀑布而抵達上面平坦的河段。此時，我的心像被人用手死抓那樣，感到很疼。於是走過另外一邊看，原來那裏是當局所建造一層比一層高的水槽，也是給能跳上來的魚兒喘息的地帶。我看了兩層水槽都祇有寥寥幾尾魚兒遲疑的在游來游去，看樣子似乎在等待著同伴的到來！

原來，到達水槽的魚兒已經算是到了目的地，不用再往上跳，牠們將會被孵化場的工人用人工把牠們的卵子取出。就在這時候，聽到有人說：「如果魚兒沒有往這河道進來，而是從其他水道進來的話，」看他手指順勢往上一伸，接著說：「上游就在那裏，他們就得在那裏產卵。」我擡頭一看，天啊！那被層層樹葉子掩蓋著的上游竟然是那樣的陡峭，而且看不到盡頭。我不能再看下去了……（二〇〇七年一月二十七日　北美世界日報）

多情的二月

走進百貨商場，看見五彩繽紛心型的氣球搖曳半空，棗紅粉紅包裝的果盒和鮮豔欲滴的玫瑰花堆滿商店每一個角落，此情此景，我們就知道多情的二月已經來了。

國際情人節（朋友節）是在每年的二月十四日，不少人在這一天互送各式禮品，其中又以糖果卡片為多。至於贈送玫瑰花與珠寶得當心，這是夫婦或情人們親密友人們的專利，我們不可不知，亂送禮物，會使人想入非非。

我們可知道二〇〇四年二月份美國二萬八千九百一十四家珠寶店珠寶總銷售額為二億美元，而在美國三十六州的剪枝玫瑰花總銷售額為五千二百萬美元？至於糖果銷售調查，在過去幾年有著明顯的遞減，平均每一個美國人從一九九七年的二十七磅到二零零三年則降至二十四點六磅，這大概是由於來自各方健康媒體廣告做得非常成功的緣故。

根據一個有趣的數字統計，雖然在過去十年，已婚夫婦維持婚姻關係的百分比從四點二滑降至二點九，但是，每年仍然有二百萬對男女，即每天六千對有情人攜手走進教堂，而又以選在二月份結婚的為最多。

有關情人節的來源有幾個傳說，我喜歡下面這個說法：

在古羅馬時代，約公元三世紀，二月十四日是紀念掌管婦女婚姻的女神珠娜（Juno）。二月十五日是羅馬人慶祝羅帕卡里阿（Lupercalia）節，這個節日慶祝儀式在羅帕卡山洞（Cave of Lupercal）舉行。根據羅馬神話，一隻狼在這個山洞裏哺養雙胞胎羅姆拉斯與瑞瑪斯（Romulus and Remus），這是有名的羅馬起源的傳說。

羅帕卡里阿節日慶祝的項目包括大吃大喝、舞蹈及用羊來做祭祀。兩隊年輕男子拿著羊皮做的鞭子圍著這個山坡賽跑，想要孩子的婦女們站在賽跑的跑道，希望被他們的鞭子打中，據說被打中的婦女會多產子。

那個時期，羅馬還有一個風俗，在二月十四日晚上，羅馬女孩子把自己名字寫在紙條上放入一個瓶子，年輕的男孩抽出一個女孩紙條，第二天他倆就成為舞伴。有時候，這些一對對的孩子會成為好朋友，甚至墮入愛河而最後結婚。

在科羅地阿斯二世時期（Claudius）好大喜功，經常發動戰事，需要大量軍士。他認為妨礙男子從軍的因素就是不願意離開他們所愛的人與家人。因此之故，他下令不許羅馬男女訂婚結婚。聖瓦倫泰（St. Valentine）是那時候的一位牧師，覺得科羅地阿斯此道命令不合情理，遂秘密的為年輕人主持婚禮。此舉為科羅地阿斯知道，關他入獄，許多年輕人往獄中探訪他。其中一位獄吏的女兒與他最談得來，給他許多精神上的支持。在二月十四日行刑前，聖瓦倫泰給她留下一張小紙條，感謝她的友情，並在末尾署上「送上我的愛——聖瓦倫泰。」也許就從那時候開始，人們藉著交換卡片表示愛情與友誼。

沒人可以承諾愛情是一個玫瑰園，除非你用信心作為雨露、用誠意作為水滴和以熱情作為空氣。很多人想與你同坐在豪華的賓士到處遊覽，但是，你祇是想找一個在豪華賓士壞了不能走的時候可以一同乘坐巴士的人，是吧？那麼，讓我祝福你能找到一個既能一同乘坐豪華賓士又能一同乘坐大巴士，更能一同走在石子路上的白頭到老好伴侶。（二〇〇五）

婚姻的轉化

「我從沒遇上一個男人不需要愛，但我很少遇到一個男人不怕結婚。」以上看來互相矛盾，是吧？

老夫妻似乎看來都很恩愛，彼此依賴與容忍對方，被對方的不同習慣所刺激著，使你懷疑是什麼使他們在一起那麼久？

從一開始就與對方培養成一種良好的關係是非常重要的。可是，不幸的是在開始時候這種情況不會太明顯，有很多東西把彼此眼睛矇住而影響你倆關係的成功與失敗。所以，我們要把目光看得遠些，不要光被對方的儀表吸引而匆匆決定一切。

最幸運的人就是那些相交多年然後發現彼此是如此的互相吸引，因為他們已經了解對方的歡樂、感情、憂傷與恐懼。歡樂是孩子的驚喜，如果你能夠使人歡笑，就是說你可以經常的使人驚喜。如果你倆經常彼此使對方驚喜，這圍繞著你的世界就經常具有新奇的事物使你們感興趣。因此，夫妻之間沒有歡笑的時候就要當心。

婚姻是有所謂奇蹟出現，這個現象叫做轉化。轉化是一種很自然的現象，就好像種子變為花卉，蠶繭變為蝴蝶，冬天變為春天，有了愛就變成為天真可愛的小孩。雖然我們會感到這種現象難以明白與想像，但這是我們天天可以看得到的現象，所以一點都不奇怪，我們不要把這個現象稱為奇蹟。因此，我們同樣的可以視婚姻為一種「轉化」，把我們的愛情作為種子，等它們開花。雖然，我們不知道它們是否全都一定開得燦爛，但我們知道它一定會有花開。（二〇〇五）

幸福在哪裏？

你的丈夫有為你滴過眼藥水嗎？

年前讀過一篇文章，作者說她的丈夫為她滴眼藥水時她覺得很幸福。當時，我對枕邊的外子說這位女士以後再也不用滴眼藥水了。外子問為什麼？我說：「She has good eyes她眼光好，找到一位細心丈夫。」外子聽後哈哈大笑，然後臉湊過來說：「你眼光也很好。」

是的，如果我有需要的話，相信他也會替我滴眼藥水的。

所謂觀人於微，替太太滴眼藥水的丈夫的確細心。夫妻和諧，幾生修到。可是，一對夫妻的婚姻生活並不止於滴眼藥水一樁事情，還有許許多多關要渡過，那些比滴眼藥水要複雜上千千萬萬倍。

有聽到朋友說夫婦兩人現在經常為一些事情吵來吵去：有的是太太投訴先生下班回家嚼薯片、看電視，不幫她準備晚餐；有的是先生說太太不像以前那樣注意儀容，她那套睡衣從早上起來穿到他下班回來；更離譜的是聽到有人說對方浪費他（她）的多年青春而提出離婚。

今世殊事異，「薄倖」早已不是男士們所專有，而「出牆」也不僅僅用來形容花卉。我最看不起那些已經把幸福建築在人家痛苦上面還在人前炫耀的人。說來這種人我認識的也有好幾個呢！

我經常在想：為什麼現在種種不再是以前種種？當你倆在證婚人面前接受祝福的時候，不是曾經信誓旦旦向你將來的配偶保證無論貧富生死也與共嗎？為什麼婚後十年八年甚至二十年，你對他或她的諾言會反悔呢？

後來，我想通了。人們一切煩惱都是由於坐這山又望那山，不滿現實現狀。其實，幸福不用找，幸福就在你我的身旁。我們退一步，就是海闊天空，滿足就是幸福。沒付出，怎能向對方有所要求？（二〇〇五）

情結

人皆有情。《禮記禮運篇》：「何謂人情？喜怒哀懼愛惡欲七情者弗學而能。」由七情演變出來與情有關的「情詞」，諸如情知，情感，情緒，情思，情懷，情分，情誼，情欲，情義，情敵，情操等等實在太多太多，不能盡錄。然而，現在經常會看到一個詞叫「情結」，《說文》：「結，締也，謂以兩繩相鉤連也。」結，好的方面如團結，結婚，結合，結扎「做手術」，結賬，結社，結識，結局，結彩等等也是數之不盡。在「結」前加「情」字，似乎就有些糾纏不清的意味了，是吧？至於「黑白情結」，「南北韓情結」，「南北越情結」，「東西德情結」，「以巴情結」，「印巴情結」等等，誰都知道這些現代產品——「政治情結」更是沒完沒了。

我三歲就開始住在香港，上學，晚上看電視看到播放英國國歌就知道一天節目完畢了。那時候，每當英女王來香港巡視，香港政府一定選那條皇后大道給她的座駕車走過。我家就在灣仔皇后大道東，灣仔郵政局對面的一幢三層樓房。從我家的露台看英女王在皇后大道遊行很清楚，也看到街上人們爭先恐後，為的是要看一個統治我們中國人的外國人。

那年代，香港在英政府的管轄下，一切來往公文全是英文。填表格要用英文，不懂嗎？請人代筆。走在大街小巷都會看到有人在擺攤替人寫信填表的「寫信佬」（當然也有女的，但不多），那批替人寫信填表的先生女士們替當時的香港華人解決了不少難題。後來，經過住在香港的華人長期爭取，終於使中文在這個英國殖民地出頭與英文並重，所有公文表格說明中英並列，這過程走來可以說歷盡艱辛，不堪回首，老爸常耳提面命的對我們說這是一個切骨的教訓。

一九九七年香港回歸，接著澳門也回歸了，中國失去的土地一塊一塊收回來，坐在電視機前看現場直播，悲喜交集，久久未能平復，大概這是我的「中國情結」所致吧。

然而，在香港回歸五年的今天，放眼圍繞我們四周仍然有些口在說中國話，手在寫中國字的同胞振臂高呼並努力不懈舉出一大堆荒誕的史實來證明自己不是中國人，他們覺得被稱為中國人是一種恥辱，這真是一個怪現象，連老外也覺得不可思議。

歷史不是無源之水。真正鑑往知來者又能有幾人？（二〇〇二年六月二十七日　北美世界日報）

情變

人人知道男人女人天生下來本來就不同。男女之不同不但在身體外像，體內的器官構造也有差異。有人區別男女以動物雌雄之原始需要，強調雄性喜新厭舊，而以嗜蛋糕巧克力比喻特有意思。至於朋友因先生投向別人懷抱而說天下所有男人都是陳世美，不分中外，這也是她片面的看法，不能作為標準。

兩性一切的表現其實並非單在其性別，而是還有其他因素，這些因素往往被我們忽略。男女同在「人」的範疇內，也在動物的範疇內，也在「哺乳類」的範疇、……講下去大家可以為我開生物課了。人屬動物當然有動物的特性，其表現出來的一切行為都是很自然的。可是，實驗歸實驗，動物也有個別差異。因此動物的「喜新厭舊」與「男人富達則換妻」說是天生自然之舉實在有商榷必要。

古時給女人四德的極高推崇使女人被圈圍得不敢越半步規範，給箍得透不過氣來。與此同時，這婦人之四德也的確曾經給男人佔盡太多的便宜，使男人換妻猶如換衣服，換下來舊的一件還不丟掉，在家中當古董花瓶擺著，藉以炫耀他的權利與財富。那時候，女人地位幾乎與地平線看齊，她們受盡難以想像的欺凌。

隨著時殊事異，今世與古代自是大有不同了。每當男女雙方感情發生變化是因為第三者介入的話，人們第一感覺是男的大概嫌女的是「黃臉婆」，女的也許嫌男的是「白鬍公」或沒本事賺錢。可是，在不罕見的例子當中，你會發現男的新歡不見得比原來的更美更年輕，而女的新愛條件也不比舊愛好到那裏去，甚而自甘賺錢養他的時候，我們就很想不通，不禁問句「為什麼」？

記得有位朋友的太太曾好意勸過我不要待我外子太好，理由是若外子先走的話我會很傷心。這位太太的善意我很感謝，可是誰先走也沒定呀。一對夫婦同在一個屋簷下應盡心對待，若為日後喪偶悲痛減輕而現在就咬牙割翅又未免過於杞人憂天。早知今日，何必當初？做一個單身貴族豈不更好，何必結婚弄到兒女成行，死後還要記掛他們日後生活如何？

現一般家庭開始時多由一男一女兩個人組成，兩個人固然存著與對方有的異同不在話下，彼此協調生活就能幸福愉快，不協調就危機四伏，等待著爆發的那一天。問題出現前必有徵兆，而這些徵兆兩個人決不會迷糊不知，是他們選擇視而不見，聽而不聞，知而不去思救而已。諸位別以為我在說瘋話，請細心一想，除非你閣下選擇活在夢幻裏，否則，對於與自己生活有年的另一半一舉一動絕對不會不清楚。經過旁人打小報告，或到他（她）向自己攤牌時纔驚惶失措，毫無疑問，你另一半的道行比你高。（二〇〇三）

枕頭袋之過也

非常同意那位香港作者說年二十八前長的面瘡才叫「暗瘡」一說。因為面上長暗瘡一般來說是年輕的象徵，是十來歲的少男少女的普遍現象。

我家兩位小姐，對於哥哥那張生來光滑的臉就妒忌得很，原因是她們十五歲時面上幾粒青春痘此起彼落的煩她姐妹倆煩個真透。二人常在我面前說同學們都去看皮膚專家，表示她們也非去不可。我對她們說不用去看專家，少把化妝品往臉上亂塗，還有就是天天換枕頭袋就好了。現在二人都進大學了，也沒人煩我，因為她們的臉光滑無瑕了。

我有朋友四十幾了還在長面瘡，使她煩惱得很。她平時出入打扮整齊，僅有她的臉最難伺候，不化妝也紅紅的。向成人們建議保持經常換洗枕頭袋的習慣頗覺難為情的，好像說他們不夠乾淨，但為了讓她了解其中原因，儘管不好意思我也說了。

各位別少看了這個枕頭袋，它是我們天天晚上的密友，比老公妻子還要親密，睡覺過程當中每一秒都在與它面貼面。而有些人的臉部皮膚生來就特敏感，一顆灰塵也受不了，致使青春痘一發再發。有需要的朋友：枕頭袋多換換吧，保證你有意想不到的效果。（二〇〇五）

瘋子不瘋

我有一位大學同學，三十年前在香港為某報執筆寫稿，頗有名氣，現在香港仍然活躍。一次在她文章裏說過不喜歡她的父母，並且說生養是做父母的應有責任，不必言謝感恩，理由是她的父母把她帶到這個世界來受苦，實在可惡可恨得很云云。當時我們幾個吃教書飯的看了都搖頭：「怎麼國文系出了這樣一個叛逆的人？」瘋了？

閣下有否發現此地此時人人可以你說你的，我說我的？儘管說的與事實不符也不會被抓去坐牢槍斃，於是乎創造歷史者有之，歪曲事實者亦有之，點名道姓謾罵更是司空見慣。有說這些人大概是喝了幾兩「糖水」（酒之戲稱），「醉了」。

循規蹈矩的人往往最吃虧？循規蹈矩的人往往最不起眼？我說的不起眼是這些人的一舉一動是想當然所以然，一句話就是「本該如此」，沒啥好講的。那麼，最好講的就是那些「越軌的人」囉？「越軌的人」就是咱們所謂「不正常的人」吧？這「不正常的人」能用「瘋子」來代替嗎？有說「能」；「胡言亂語」能用「酒鬼」來形容？有反問「為何不能？」。

閣下全錯了！我說這些都不是瘋子，他們是世界上最聰明的人；那些都不是酒鬼，他們是世界上最清醒的人。國內演員唐國強（《三國演義》的諸葛亮被他演活了。）說過：「人總想把自己一切的東西留下來。如果不能夠的話，一部分也好，起碼這一部分可以代表了他的一個時期。」。依我看來，這些人是在循規蹈矩下沒啥看頭，為了引人注意，故採取譁眾取寵之技倆。（二〇〇七）

預約

到朋友家，一般人會預先約好時間，不會貿貿然衝上去。使對方有所準備，這是禮貌。聰明又嘴饞的人一定與朋友約好才去，如果那位友人是好客的話，通常會準備點兒吃的，如此，你將會口福不淺。怕髒的人更要預先講好時間，人家才會特別為你洗刷廁所，還有吸塵抹灰，弄得窗明几淨，使你坐得舒舒服服，就像在家裏一樣。

諸位有否試過不速之客登門按鈴，諸如童子軍小孩子兜售糖果餅乾，或那些自云是大學生為籌學費希望你買些雜誌，而你衣衫不整的去開門那種尷尬相？這些人你不認識倒還好，頂多說聲「對不起，我不買。」就關門了事。要是你認識的朋友那麼門就不能關了，也許他還帶了一些你不認識的人來說要看你，怎好意思！

我有一位朋友的太太，人是很好，彼此言談甚歡。她喜歡帶她的朋友來我家說他們要看看我。所謂三人行必有我師，多認識一些朋友，見聞也跟著增廣，這本來是好的。但是有一點使我受不了的就是她從不預約，通常接到她電話時她是如此說：「喂，我與某某人五分鐘就來到你家。」也不問我有空與否，至於我今天有沒有接待客人的心情那就更甭提了。

一天，她電話裏說：「喂，我和我的一個朋友就在你住區的那家超級市場買東西，買好就過來，大概不到一個小時。」我終於忍不住了，對她說我剛好要出去，並且問她為何昨天不與我說好。猜她怎麼說？她說她不喜歡約好，免得我在家等候。有沒有聽過這樣莫名其妙的言詞？「不喜歡約好」當時我很想回她一句：「你以後不預先約好就別想踏進我家大門。」後來還是沒有講，因為我覺得不禮貌。

與外子提起，他說是她沒禮在先，不必與她客氣。

最近一次打來是一個月前，她又說帶兩個朋友來看我。真不明白我有什麼好看，既不年輕又不漂亮。我終於又拒絕她說我今天沒空，約明天好不好。想不到她還是丟給我那一句：「那明天再說吧。」（二〇〇三）

你願意做什麼？

以飲料比喻人挺有趣：美酒汽水為有吸引力誘惑力的人，白開水為結婚多年的夫婦。

果汁不能解渴，喝金門高粱山東大麴的年代於我也早已過去。現啤酒與汽水最能解我的極度「渴望」嘴巴乾的時候，祇有這兩種飲料首先衝進我的腦子裏，最好是可口可樂和加拿大摩紳啤酒「Molson Canadian」，而且要極其冰凍。Molson Canadian摩紳啤酒味道是淡一些，這不打緊，我不多喝，兩三口就足夠應急。外子說我不是一個喝酒的人，更不是喜歡喝汽水的人，我同意他的說法。啤酒沒啥味道，一般人喜歡多是因為它的冰冷；至於汽水，甜滋滋是無可置疑的了，人們喜歡大概是因為它的二氧化碳吧。鼻子湊到那一顆一顆小小的泡沫上面，此起彼落「嘶嘶嘶」的聲音足夠使你陶醉幾秒鐘，然後呷一口，全身頓然舒暢。

自有記憶開始，每天早晨，母親把家裏幾個暖水壺都灌進普洱茶，而白開水則盛在玻璃瓶子和那個白底藍碎花的大瓦茶壺。一天下來，茶喝光了，白開水還在。老爸更是無茶不歡，每天上班前一定上茶樓過其嘆茶癮與讀報癮，現年過九秩，除非不舒服，上茶樓的習慣仍是風雨不改。在香港的時候，不知是如母親所說我們兄弟姐妹陪父親還是父親陪咱們，每到周末，我們一家七口一定上茶樓，在我家這種茶文化教育的熏陶下，算來我喝茶的歷史也超過五十年。

幾十年來我像老爸一樣無茶不歡，每天起來第一件事就是到廚房燒水泡茶，茶的咖啡因對我的神經末梢不起作用，我可以從早喝到晚上，也可以一覺睡到天明。當然，偶爾也有些輾轉不成眠的夜晚，但這絕對不是茶在作怪。我喜歡以茶奉客，一直對茉莉情有獨鍾，後來知道茉莉不是綠茶後又多置一種龍井茶。一次聽朋友漁夫說日本綠茶不錯，我也買來試試，那茶味清氣幽，嚐了之後我好像上了癮。

有說外國月亮特別圓，有說家花那有野花香。這個中外月亮的比較與心情地域不無關係；至於家花野花有別，也許野花野草受盡雨露滋潤與霜雪侵襲呈現那種家花家草天天由自來水灌溉施肥所缺少的剛毅吧。

人是善變的動物，因此也會構成許多夫妻之間感情動搖的例子。「物必先腐而後蟲生」是老爸經常用來教訓我們的話，是說一個人遇到問題，他本身也許就是問題的源頭。是他（她）覺得外國的月亮大又圓；是他（她）覺得路邊的野花野草好看；是他（她）覺得人家的老婆老公有吸引力。每次見到人家的老公都彬彬有禮，走到他的身邊香香的，你想知道他用的是什麼牌子的古龍水。人家老婆容光煥發、臉上該黑的黑、該紅的紅、該白的白，裙子飄飄，腳登高跟，搖搖欲墜，使人不能不伸手攙扶，她與你交談時柔聲細語，如鈴叮噹。

自己家裏呢：結婚久了，老夫老妻了，不用相敬如賓了，說話可以大聲大氣了，老公永遠比你走快十尺然後轉過頭來嘀咕你走得這樣慢，把不久以前他說走太快會跌倒忘得一乾二淨。還有：老公周末不上班，起牀後不換衣服就穿著睡衣從屋頭走到屋尾，還到前庭後院剪草澆水，更要命的是他居然站在街頭與鄰居聊天而怡然自得。而老婆不出街的那一天呢：習慣化妝的她不化妝了，頭髮也可以不梳理了，她也穿著「mu mu」（這是女兒們對我睡衣的稱謂）到處跑了；還有牀也不必舖整齊了，老公放假我也得放假呀！至於不準備外出的老老公與老老婆婆可以不用刷牙了，假牙也不必放進嘴巴，就放在盒子裏讓它休息休息吧！

人的眼睛總是往前看，當你想往後看的時候脖子就覺得不舒服，要不就整個人的身子需要轉過來，這大約需要我們兩秒的時間吧？所以，人們在清理舊物的時候一定會經過「痛苦的選擇」。我的意思是說當夫妻的感情發生問題的時候，任何一方在「白開水與汽水」之間進行選擇的時候也是會經過一段「痛苦的思考」。

我認為女人絕對不要做那過於溫順的被自古以來文人稱之為的「糟糠之妻」如驚弓鳥怕有給他趕下堂的那一天，更不要讓他覺得我們僅僅是家裏一杯淡而無味的白開水心有不甘的喝下去。我們要使自己不平凡和不呆板，在家不光是會燒飯洗衣帶孩子，還把家裏的生活程序活動化趣味化。配合他的嗜好：他論時事，我對時事也有所知曉；他愛釣魚，我要知道不同的魚要吃不同的餌；他在前庭剪「草」，我在後院把「野花」拔掉；他陪我逛公司，我陪他聽歌劇；我愛旅行，他不能讓我一個人參加旅行團去；儘管我不再年輕，我仍要不斷學習，使他不覺得人家的老婆比我更具智慧；我更要打扮整齊，使自己具有偶爾驚他一下的艷麗。當然，若閣下是「他」亦該如此要求自己。別忘了，這個年頭是男女平等，古時候所謂的「三從四德」到了現代應從新加以解說了吧？

既然，美酒與汽水祇能解一時之渴，白開水又毫無味道，那麼，告訴大家，我願意做一杯茶，做一杯清幽的綠茶，因為外子在口渴的時候就是不喜歡喝白開水，他與我一樣要喝有味道的飲料才痛快，如果硬是逼他喝白開水，我後悔將會來不及。你呢？你願意做什麼？

（二〇〇四）

儘管無風，我也聽到你的聲音

喜歡風鈴的時候已經在唸大學了。記得一次和室友們談心的時候說過我喜歡風鈴，想不到畢業的時候，好就在我回香港的時刻送我一個，喜悅心情難以形容。回到家裏，打開給母親看，豈料母親看了問為什麼人家送我風鈴，別的不送？我說這位同學知道我喜歡，她聽了默不作聲。我看母親見到風鈴不太高興，再也不敢多說。後來才曉得當時香港的無線電視台正在播演一齣話劇，劇名叫《失去的風鈴》，是說一個少女的愛情故事，觀文望義不用我說大家也猜到該劇結局。

大學四年時間並不太短，由於自己有一個理想與計劃，雖然身邊也有一兩隻蜂蝶在團轉，但一直和牠們保持距離，以策安全。畢業前，汪老師與師母不斷地提醒我留下來，說免得有人傷心；而且，老師還向我保證若我願意留下考研究所的話，他可以幫我溫習。但是，當時我還是認為我的戀愛尚未開始，一切都不會有問題的。把這個意念剛帶回家的我，遂取笑母親實在擔憂過度，並且開玩笑的對她說──我喜愛的風鈴永遠不會失去。

不記得多少年前，我收過一份聖誕禮物，也是一個風鈴。那個風鈴一看就知道其價值，幾條粗如三隻手指合起來的銀色管子上還加一塊沉沉的木板，從盒子裏拿出來一直叮叮噹噹響個不停。心想掛在屋里，寒舍氣派不夠；若掛在屋外，大風一來，肯定招人非議，遂束之高閣。它的聲音使我想起僧人敲鐘是表示起來唸經和吃飯；更使我想起師大的大鐘每天清晨六點半一敲就是要爬起來，在半個小時內洗臉刷牙穿衣服舖好牀連跑帶滾的往運動場上衝好來得及參加升旗禮，那個聲音，我聽了四年。

我有一個風鈴，是大妹送的，跟了我東遷西移二十年有餘，一直掛在屋梁上。在那頂可愛的小草帽下面吊著九串圓圓的淺褐色的貝殼，有風沒風的日子它也不會發出一點兒聲音，可每次我在下面走過，總有一種走在海邊的感覺：那不是海水灑蓋在貝殼上；而是祇有我才聽到的那種微風貝殼的相遇問好。

一年琦旅遊回來，送我一個由十二塊薄貝殼片做成的風鈴，細看原來是十二隻貓頭鷹，我把它與我一個小鳥籠風鈴同懸在火爐邊上，無論經過那裏步伐如何輕盈，總覺得有鈴聲在我的背後起響，美妙極了！

幾十年來我並沒有刻意的收集風鈴。然而，每次逛公司的時候，見到有與風相關的諸如風箏，風袋（旗），當然還有風鈴，我一定走進去，欣賞它們的式樣設計，聆聽它們的聲響。每次聽完出來，心裏就有一種愉快滿足的感覺。雖然大多時候純粹是觀賞靜聽，很少買回去，可我就是要捕捉那種心緒快感。我相信，無論將來我活得有多老，當滿屋子掛了小巧的風鈴，儘管無風，我仍然會聽到它們彼此輕聲的問候。（二〇〇二）

吃得開心

人們在年輕時要打拼奮鬥，為口奔馳，有孩子的夫妻更像是完全奉獻，無閑顧及己身。說也奇怪，結婚十年我一直胖不起來，這可是因為進入另一個模式的家庭生活，所謂做人媳婦甚艱難？體檢後原來甲狀腺過於活躍，醫生說婦女三十多歲普遍有這種現象，我吃了好幾年藥才穩定下來。踏入後半生就不同了，體重一直上升，難道這又是一般年過五十的人有的現象？現一天不散步，無論兩隻腳板如何挪，廚房那個磅依然冷酷的指出我的痛處。「到底要不要減肥？」這玩意兒的確很傷腦筋。

所謂民以食為天，講到吃，誰不喜歡？就以我為例吧，雖然我體重永遠處在磅磅計較時期，可一看到喜歡的小吃吃嗎內心就來一股衝動，往往深呼吸一下「買了」，吃了再算！我喜歡的小吃真的是數不清：臺灣臺北市龍泉街四川老頭的牛肉麵，臺北市和平東路臺華的麵包，餛飩大王的餛飩，香港灣仔的魚蛋粉油條明火白粥。中學時期老友曼等人在銅鑼灣維園口那小店吃蘿蔔糕與紅豆冰，那時候零用錢不多，每次大家的口袋倒翻才能結賬離去。達拉斯的小吃更使我瘋狂。如：「Krispy Kreme Donut」，麥龍的蛋撻，嘉頓的蛋糕，Blue Bell

冰琪琳，羅樂杯的炸豆腐，美心的腸粉，第一燒臘的餛飩，還有糯米糍（糯米包花生或紅豆），……等等等等。有一次，軒送來一大盤，是花生的那一種，從來沒吃過那麼棒的小甜吃，原來是她自己做的，那一次我一口氣吃了十個。除了糯米糍，她還會做許許多多她的家鄉食品如：中山茶果，粽子，蘿蔔糕，芋頭糕等等，我都吃過，頂呱呱。你看，有朋友會做吃的，我減肥如何能夠成功？

記得我懷兒子的時候是在加拿大，李郭秋雲老師千叮萬囑叫我產後一天吃二十個雞蛋也不要緊，她說我身體弱，可藉產後補回來。上一代的腦子裏大概沒有「減肥」的印象吧？一天二十個蛋醫生聽見不被嚇壞就怪。幸運的女人嫁到好的老公，因為這些老公心不旁騖。他們認為老婆瘦是苗條，胖是圓潤有福氣。我是幸運的女人，還有誰的外子是屬於上列，我都要恭喜她們，因為咱們在吃東西的時候完全沒有壓力。不過，現在體形的胖瘦是生活重要話題之一，這除了沒有節制的吃肯定越來越胖，最美麗的衣裳給你穿在身上也不會好看外，更重要的是如要想多活幾年，在吃方面咱們還是謹慎為佳。

一般中國菜不算卡路里，一般老中吃東西的時候也不會去算卡路里膽固醇。茶樓飲茶，講卡路里的人絕對不應該去，別小看這一碗碗點心，熱能之高非我們可想象。兒子從小就喜吃腸粉，二十多年前此地茶樓僅有一家周末飲茶。那時候，三口人一星期去一次，為的是讓他吃到腸粉。該店的老闆娘每次都說我們吃得少：也許她不知道這些話會使顧客難為情；

又或許全達拉斯僅此一家，不來這裏你有那兒好去？我就要使你難為情，下次來就會多叫幾碗。與母親通電話時提起，她教我最簡便的腸粉製造法。自此之後，兒子開心極了，因為冰箱裏天天放有腸粉，不用等一個星期纔有得吃，往後我們也少去那一家茶樓了。

時至今日，達拉斯市的茶樓不僅一家了，各家出盡法寶以請有香港師傅為號召，香港點心是很有水準的。至於我朋友漁夫先生說在此地茶樓飲茶與在廣州茶樓飲茶感受有天壤之別，漁先生要求又未免過高。現在此地茶樓的點心手藝已經很不錯，猶記二十五年前到加拿大滿地可飲茶，送上來的牛肉燒賣大如叉燒包，真嚇我一跳，吃的興致立刻大減，外子還說那是最聞名的一家廣式茶樓。因此，敬告漁老：此地餐飲業朋友多年來在品質上不斷改良精益求精而有今日的成果，起碼點心該大的大，該小的小，各安其狀，擺在桌上不使你有過分的震撼，不刺激你的神經，我們就得給予以高度的讚賞。

我是世俗人，喜歡世俗活動，身為廣東人，當然喜歡飲茶。在香港時候，周末不上課不上班，想要吃點心就要清晨六點爬起來跟父親上茶樓，不論炎夏寒冬，對一個年輕人來說那需要極其堅韌的意志。那時候，我們曉得父親是以吃來教導我們早起早睡。母親也叫我們給父親面子一星期陪他飲一次茶，回來再睡。可是，我家大弟大多數著我們給他打包回來。那年日，我與弟妹們到茶樓都是帶著朦朧睡眼，端坐在那裏，點心有如霧裏的花，推小車子的公公婆婆個個善良，固然也看不到黑臉堂倌。還有，也許我舌頭味蕾不敏感，覺得香港點心頂好吃。那年日，我覺得父親特喜歡我，因我每次還帶著睡眠陪他讀報，也許日子有功，從此養成我天天閱讀報紙雜誌的習慣。古人說三天不讀書覺得面目可憎；現在若沒有書報給我看，自覺面目可憎之餘相信不久我還會悶死（當然這個是玩笑）。

人生短短幾十年光景，想想我們從早做到晚，為的是衣食住行，衣能蔽體就可以，不用多；房子一幢就夠了，不管大小；車子一輛可以代步，不需名牌；餘下的就是吃這一環節，一天三頓不為多。生活四大要素中，祇有吃直接和我們身體健康有關。吃飽是基本需要，若有時間與心情的話，不妨嚐嚐各式各樣食品，使你的吃多彩多姿。雖然說吃得健康很重要，但以愚見認為——「開心是健康的泉源」，吃得健康不如「吃得開心」。

附菜湯制法

由於現今人對身體健康非常注重，因此各種的健康食品紛紛出籠，使你目不暇給。舉個例子，也許大家早已聽過一種叫做「蔬菜湯食療法」吧？這個湯已經打進健康之家裏成為每天不可少的飲料。煮湯的用料很簡單——蘿蔔中型四分之一根，蘿蔔菜四分之一叢，紅蘿蔔中型二分之一根，乾香菇一枚和牛蒡（Arctium Lappa大型四分之一根，小型二分之一根）。材料切大塊，放進蔬菜量三倍的水，水開後煮一小時，代茶水飲用。注意用玻璃鍋或鋁鍋，絕不使用琺瑯或特佛龍加工鍋，因為會溶化。煮好的菜湯要保存在玻璃器皿。健康專家把這個湯說得有起死回生的功能，勿論真確與否，多吃菜多喝湯總不是壞事。聞牛蒡對年老人益處尤多，抗老治便秘，老年朋友不妨試試。由於牛蒡有豐富的纖維素，若體質虛寒和吃後大便太稀則少吃，切記。（有關牛蒡的資料可到網站細看）（二〇〇二）

枯木逢春

人生不如意事十常八九，這不意味著你山窮水盡，
說不定柳暗花明又一村。

一天心血來潮想種花，到花店挑了兩棵桃樹。記得小時候每年除夕，父親必扛一棵大桃花樹回來，然後用一個個小棉花球沾水放在樹椏上，他說這樣桃花會開得快。我買桃樹不是因為以後有桃子吃，而是和父親一樣喜歡欣賞桃花。老伴想種葡萄，那裏的葡萄沒有一盆有葉子，枝幹乾枯，用手一折即斷，看來那些葡萄枝早已枯死掉，叫老伴不要買。豈料他說葡萄枝是這個樣子，沒死。拿他沒法，祇好又捧兩盆上車。

回來後天公一直不作美，冷得人天天抖。看標簽言桃花耐寒，馬上使之下土為安。至於葡萄，老伴說先擱一擱，因為它沒有桃花硬朗，說話神情儼如植物學家。如此一擱就三個星期。這兩天天氣回暖，準備把盆栽搬出院子曬曬太陽，看到那兩盆葡萄乾枯枝椏上居然冒出幾粒小芽，驚喜之餘，也恨老伴的植物常識總比我多。

葡萄枝出新芽，使我想到枯木逢春，否極泰來。人生不如意事十常八九，但這不意味著你山窮水盡。

「柳暗花明又一村」這句話我高中時候的李郭秋雲老師常常掛在嘴邊，我聽得太多太多，起初也不疼不癢的。大學畢業後與她同在香港培英中學執教，每天中午我把午飯帶到她女生指導室一起吃，吃完把燈關掉，兩人把旗袍領子打開透透氣，坐在沙發椅上，脫掉高跟鞋，四隻腳往椅子上一擱，我這個弟子就要恭聽她老人家的往事與教我如何處事為人。雖然我是一個愛講話的人，可我也是一個還可以的聆聽者。聆聽人家述說經歷需要耐性，這是人生的一個學習課程之一。四年共事，從老師那裏我聽得多，固之然學到的也多。最讓我經常切身用到的就是這句「柳暗花明又一村」，你不覺得這句話具有無限的時空？到了像我這個年紀的人，一定明瞭柳暗枯木而最後花明逢春者，其中總少不了「忍」這一關。人要知所忍而忍，這才忍得快樂和有價值，這才是「知己」。

誰無失意之時？

博通經史，治古文不取韓、歐自成一家，以著述為事的清朝汪中（容甫）也有寄人籬下之悲。「余卑棲塵俗，降志辱身，乞食餓鴟之餘，寄命東陵之上，生重義輕，望實交隕。」

見汪中《自序》。汪中弱年孤苦，貧不聊生，憤世嫉俗，為文多悲號之音。此文自傷身世，幾以和淚代書。自古文人遭際，往往如是，豈僅容甫一人？

明朝歸有光在其《項脊軒志》也提到其居所之簡陋——「項脊軒，舊南閤子也。室僅方丈，可容一人居。百年老屋，塵泥滲漉，雨澤下注，每移案顧視，無可置者。又北向，不能得日，日過午已昏。」然而，事在人為。請繼續看：「余稍為修葺，使不上漏；前闢四窗，垣牆周庭，以擋南日；日影反照，室始洞然。又雜植蘭桂竹木於庭，舊時欄楯，亦遂增勝。借書滿架，偃仰嘯歌，冥然兀坐，萬籟有聲。而庭階寂寂，小鳥時來啄食，人至不去。三五之夜，明月半牆，桂英斑駁，風移影動，珊珊可愛。」經歸有光稍作更動，漏室遂變為雅舍。其會試經八次不第，及考上進士時已年垂六十矣。終日自嗟房子小的人應該學學震川先生之淡薄致遠。

「凡物皆有可觀；苟有可觀，皆有可樂，非必怪奇偉麗者也。餔糟啜醨，皆可以醉；果蔬草木，皆可以飽。」見蘇軾《超然臺記》。蘇軾謫居膠西（山東）時人以為他不樂，而蘇軾以為凡人心有不樂者起囿於境中，若超然物外則無往不樂。「江上清風，山間明月。耳得為聲，目遇成色。取之無禁，用之不竭。」蘇軾《前赤壁賦》。坡公心胸之廣闊常人實難以比擬。在其《留侯論》裏言及張良一生成功在忍之修養，並舉張良為老人拾履為例。並言項籍不能忍，是以百戰百勝，輕用其鋒；高祖忍之，養其全鋒而待其弊，此張良教之也。

誰無失意之時？

現今世道更形複雜，競爭倍加激烈，最明顯的是就業問題，人心惶惶，到處可見；同林夫妻，因種種緣由而紛紛東南飛去，這不幸也成為摩登之談話資料。

朋友們：不論你現在境況如何，請你思索一下，你是怎樣走過來的？你將會如何走下去？「霜露既降，木葉盡脫，寒冬過後春來生；豪傑之士，過人之節，忍小忿而就大謀。」

不信，請來看看我的兩盆葡萄。不管天氣有多冷我也不斷用水往那乾枯的樹枝上澆，它沒死，它是在熬著。它，不斷在承受著我給它送上「刺骨」的寒水。它發芽了，這不是奇跡，那是因為春天的到來，寒冷的冬天終於給它熬過了。

朋友啊：難道你比我的葡萄枝還不如？（二〇〇五）

當記憶如煙怎麼辦？

十個人裏有九個會說需要增強他們的記憶能力，閣下是否其中一個？沒有一個人的記憶是百分百完美無缺的，你也許注意到自己偶爾會忘記些什麼東西事情或者是記憶思路會一時中斷不存在：諸如忘記把鑰匙放在那裏，或與人家相遇叫不出對方的名字來。其實，這都是很尋常的現象，不必擔心。

女人一般記憶中斷經常出現在廚房忙著做飯的時候。例如切好雞肉想找鹽糖，開這個櫃子，不是；開另一個櫃子，啊，是了，就在裏面！還有，到學校接送孩子時候最容易把鑰匙鎖在車子裏面。你有過這樣的經驗嗎？

有一次，二十多年前，在多倫多。那天，我載著三個孩子外出想找一家書店，迷路了，把車子停在加油站前，準備進去問店員。豈料孩子見我從車子走出來，他們也陸續跟著出來，待車門「砰」然一聲被我習慣性的關上的同時也聽到孩子說：「哎呀，車門被鎖上了，媽咪。」急忙回頭一看，鑰匙還插在我那部八四年雪佛蘭家庭房車駕駛盤下的打火處，車子機器在滾動著，此情此景，突然覺得有一陣寒意從我腰背一直上升到肩膀。正在不知如何是好，一位過路的老外停下來，在他車子後廂拿出一個鐵衣架，從我駕駛座的玻璃縫隙吊下去把車門鎖頭拉上來。以前的車子還有鎖頭可拉，現在的車子根本看不到鎖頭，假若歷史再重演，不知道那位老外會有什麼法寶來解決！

此外，例如我在電腦前打文章，需要工具書，於是走出睡房，經過走廊到書房去。奇怪的是，有陣子，那十來英尺的距離就好像一條時光隧道，走進去，十五秒再走出來的時候就完全忘記自己為何會來到書房？那時候，我會站在書房門口搔頭問自己：「我來找什麼？」幸運的話，一會兒就記起來了：「啊，我來拿字典」，或者是「我來拿《成語註解》」，就在那一刻，記憶又擠進腦子來了！

上面這些例子並不是說我們的腦子記憶力衰退，據專家說那是我們的記憶受到干擾而已。那麼，如何使我們記憶力不受干擾？聽專家說來似乎非常的簡單——

古語說我們吃什麼就像什麼。人的腦子要靠食物來運作，就像汽車的油缸要注滿汽油，而且要注適當的汽油。如想腦子正常運作，就要供給它良好的食物，食物飲料藥物食用不當會使記憶力衰退。一天三頓不可少，包括多種碳水化合物，水果蔬菜蛋白質吃得正常；避免吃過甜的東西如糖果曲奇糕餅；少喝含有咖啡因的飲料（尤其別空腹喝咖啡）；酒精不但殺死我們的腦細胞，同時更會把記憶力殺掉，因此少喝酒。此外，毒品及藥品會使記憶力模糊；汽油、殺蟲劑以及味精也會摧毀腦的運作功能，可怕吧？

今日的世界科學進步，手腳腦子不需要活動是非常容易做到的，但這不是我們不活動的藉口。我們需要定期鍛煉，使身體正常運作。通過鍛煉，使身體、腦、以及各個器官得到適當的運動，我們晚上方睡得安穩。

有了充足的睡眠與鬆弛自己，能使記憶充分表現出其潛質與力量。因此，注意力集中就是打開記憶之門鑰。

我們現在是住在一個藥物的世界，因此，多數人會有一個錯覺，以為服用藥物可以幫助我們的記憶。其實，服用太多的補充維生素藥物來治不同的疾病，逐漸會出現多種健康問題的危機，而這些健康問題很有可能就是記憶力的問題。因此，補充維生素是需要的，但並非說它可以取代食物。補充維生素始終是補充維生素，吃得越少，問題越少。

有專家說多看電視腦的思想會關閉，我卻認為看電視也是腦子活動的一種活動。所謂流水不腐，動比不動好。無論年老年少的腦子都需要不斷的給與刺激，腦子受了各種程度的刺激，不但可以使神經細胞更接合，而且，使我們對世界對身邊的事物更警覺。因此，閱讀、到學校選課、旅行、演講與辯論、看電視與聽音樂等等都是刺激腦子的最好活動。

雖然，記憶衰退不一定是我們的一個生長必經過程，但是，假如平日不把記憶加以注意調理，讓我們的記憶消失中斷的現象經常出現，甚至越來越嚴重的話，那就是完全有可能進入一個我們不想見到的健康危機。到那時候，我們才驚叫怎麼辦是否有些太遲了，是不是？

（二〇〇五）

輯五

戲曲篇

張元和女士與我崑曲結緣

壹、引言

三十六年前在臺灣師範大學畢業後回香港教書，不久就收到張元和老師來信托我買中藥材，那時候才曉得老師人已在美國。那時候好的父親做中藥批發生意，立刻買了寄去，可是，一直得不到回音，當時，心想老師會不會有意外？隔了一段時候，看到香港的一份刊物《亞洲周刊》的封面介紹老師在崑曲界的成就，閱後心血沸騰，然而，當時我仍然沒想到她老人家還在世。

在《合肥四姊妹》一書出版前，刊載在《達拉斯新聞》拙作已經提過張元和女士三次。那是在二〇〇一年二月十六日《詩與曲》、二〇〇二年二月二十二日《崑曲——百戲之祖》與在二〇〇四年四月二日《我是戲曲迷》等。《合肥四姊妹》一書讀後感在輯八，下面是大姐張元和女士與我的一段小史，也許你們會感到有興趣。

一九六六年從香港嶺英中學畢業後我被校方保送至臺灣師範大學唸國文系。大二上詩選課因不懂分平仄被汪中老師送我一個鴨蛋，從此成了汪老師府上常客：向老師借書，老師訓練我點書和師母請客等等理由而經常在汪老師家出出進進，耳濡目染，在作詩填詞方面逐漸有進步。

《曲選》是師大國文系必修課，課本用師大教授汪經昌的《曲學例釋》，任課老師是汪經昌教授得意弟子金夢華女士，年輕又漂亮。記得第一堂課的時候，上課鈴聲剛響過，一位肩上掛了背囊的女士走到老師的椅子那裏坐下，級長沈謙走到她身旁說：「老師快來了，還不坐回你的位置？」她笑笑說：「是嗎？」然後慢條斯理的從背囊把那本《曲學例釋》拿出來，並自我介紹她就是金夢華，全班頓時起一陣騷動，不必說，最尷尬的當然是沈謙。這個場景我每次想起來就忍不住大笑。

母親是個粵劇戲迷，可是她不喜歡一個人到電影院或劇院，每次看戲我們兄弟姐妹與她一道去，年復年的不斷熏陶，我們也成了小戲迷。我青少年時代不僅對粵劇深感興趣，對京劇與越劇也極度欣賞。中學時代的同學都不喜歡看這些老劇種，母親也因為聽不懂而不常與我一道觀看。那時候，對於各個劇種的戲劇內容人物唱做我簡直到了瘋迷的境界，逢戲必看，常是自己一個人坐在戲院觀賞，沒有伴。那時候香港民風還算純樸，治安良好，母親也很放心。就是這樣，我經常與戲劇為伍。

大學上《曲選》課時唸得特別專心，也頗有期待。可是，大學老師教的是傳統學院派的曲學，是屬於文學性文字的曲學，沒有教我們唱。如關漢卿的《沉醉東風》「伴夜月銀箏鳳閑，暖東風繡被鴛慳。信沉了魚，書絕了雁。盼雕鞍萬水千山。本利對相思若不還，祇告與那能索債愁眉淚眼。」又如馬致遠的《天淨沙》「枯藤老樹昏鴉，小橋流水人家，古道西風瘦馬。夕陽西下，斷腸人在天涯。」我們欣賞曲子的詞藻，而不是學習有聲有色有動作的戲曲。因此，在課堂上除了學習欣賞曲家的或典雅或豪放通俗的詞藻曲風外，仍然不能滿足我對學習曲學的期待。

貳、崑曲啟蒙老師

好是我香港的中學同學，升大學到師大同系同班，同住一個宿舍，選修的課也一樣，天天出雙入對，羨剎旁人。一天下課，在校園看到崑曲社海報，招收新會員。這個劇種從未接觸過，到底是啥來著？我倆遂立刻報名，想看個究竟。

第一堂課上完方體會到曲高確實是和寡，原來這個崑曲社連我與好共五個人，而老師就有四位：吹笛子的夏煥新老師，打板子的郁元英老師，指導花旦唱功的焦承允老師和指導身段臺步的張元和老師。在這情況下，想濫竽充數是完全沒有可能的。每次跟著這四位崑曲老師上課，就有一股熱流在心裏滾動，覺得崑曲這個劇種一定要傳下去。雖然不至於崑曲的傳承捨我其誰，而在這兩年內多學幾個崑劇帶回香港是我參加崑曲社最大的心願。

參、崑曲演出，夢圓。

上了大四，準備畢業，功課頗為緊張，時間雖然不夠用，我與好仍然按時出席崑曲排練；與群、沈謙、雄祥等人仍然是汪中老師府上常客與食客。在酒酣耳熱時，老師就叫我們唱崑曲助慶。其實，那時候我們祇學了《遊園》與《小宴》兩齣戲，可大家都很捧場，表示越聽越有韻味。有時候學弟史庭輝也用笛子替我們伴奏，那就更有氣氛了。

由於汪師母在師大學生課外活動組工作，認為我們崑曲社可以向校方申請經費演出，達到學習與實踐的心願。結果校方批准了，不用說，我們的排練也開始更加認真。由於學員寥寥幾人，老師決定祇出三齣戲：《小宴》，《學堂》與《遊園》。崑曲《小宴》內容是說秋夜良宵，唐明皇命高力士在花園中安排小宴與楊貴妃同去遊賞。席間，唐明皇命貴妃歌唱《清平詞》助興直飲至貴妃醉方止。好與我演《小宴》，好高大演唐明皇，我演楊貴妃，高力士一角由同班同學蔡雄祥擔任演出。有同學報名做跑龍套如劉影強等人。《學堂》與《遊園》連戲，王秀孫演南安太守杜寶女兒麗娘（雷涵琳演）老師陳最良，黃春燕演婢春香，伴讀在學堂，百般嬉戲。次日，在衙署後花園遊玩，百花競放，飽覽之餘，興盡始歸。老師的票友朋友張平堂與李景嵐兩位先生演出《花蕩》，內容是三國蜀將張飛奉令率兵在蘆花蕩等周瑜來，擒之下馬，瑜氣惱身亡。至於前臺後臺幫忙同學太多不能盡錄。

永遠記得一九七〇年六月三日那天晚上我們在師大禮堂首次演出崑劇，電臺也有轉播。汪老師領著夜間部學生來觀賞算是上課。香港嶺英與培英兩中學校友也來捧場，禮堂坐滿。最緊張的是我們那四位老師，而其中又以張元和老師與焦承允老師最為忙碌，前後臺奔走，我們裝化好又仔細的審視一番。那天晚上的演出算是中規中距，不負老師們的期望，更圓了我穿古裝演戲的夢。

肆、元和老師亦師亦友

記憶中，崑曲排練總在夏老師與焦老師家裏，至於元和老師住在那裏我們不知道，從來也沒有人問她，她是自來自去。每次排練，元和老師風雨不改準時出席，她那弱小的身子，永遠穿著灰黑色的衣服。元和老師從不提她的過去。

元和老師認真嚴格，一個動作反復做多次。崑劇《小宴》唐明皇掛長鬍鬚，為了要讓好的手習慣捋鬍鬚，在排練時好要把鬍鬚掛上，我見了她那副模樣就忍不住笑。《小宴》有一段唱詞明皇貴妃先合唱曲牌《泣顏回》「攜手向花間，暫把幽懷同散，涼生亭下風荷水翻。」貴妃接著獨唱「愛桐陰靜悄碧沉沉。」然後兩人合唱「並繞回廊看，戀香巢秋燕依人。」最後貴妃唱「睡銀塘鴛鴦蘸眼。」這一段戲在崑劇裏面是非常有名的，元和老師年輕時候學唱這段戲為坐唱，但是在教我的時候改為出座身段。她要明皇貴妃手拿扇子，二人面對面，外面的手拿扇子相對著，從舞臺的最裏面一直慢步走向前臺中間，然後才開始唱，生旦二人邊唱邊舞，在舞臺中央繞圈，畫面美妙非常，她覺得如此演來較為靈活，觀眾會喜愛。現每逢有介紹崑劇《小宴》劇照，一定有這一場的照片，旦拿著扇子蹲下看池塘荷花，生站在旦的後面也作欣賞狀。那時候，每次排練與好面對面的時候，看到那把黑長鬍鬚在她嘴巴上下顫動就忍不住笑，而那把鬍鬚也弄得她臉癢癢的，最後兩人就乾脆推開對方，抱著肚子狂笑起來。元和老師看見我們笑得那麼燦爛，自己也笑起來了，她的聲音總是那麼柔細，說話笑聲也一樣。

大四下學期，元和老師送我一張她與顧志成（傳玠）先生的結婚照，照片後面有她親筆寫上「秀霞同學存念：民國二十八年元和與志成在滬結婚照。下款是寫著五十九年持贈於臺北。」字樣。民國二十八年就是一九三九年，老師送我結婚照時是一九七〇年我師大畢業那一年。當時，老師把三十一年前與志成先生的結婚照送我，真是受寵若驚。照片中溫文爾雅的元和老師旁邊站著英俊軒昂的志成先生真的是珠聯璧合，佳偶天成。最近翻查資料，知道元和老師的丈夫顧傳玠先生一九六五年去世，那就是說我跟元和老師學崑曲之時顧先生去世才三年。在臺灣，我們幾個崑曲社友沒有一個人知道元和老師的家世歷史，當然也不知道崑曲大師顧傳玠先生（到臺灣後改名志成）就是她的丈夫。那時候元和老師送我婚照也許有所期待，想與我交個忘年知心朋友。假如，那時候我能進一步去了解元和老師的身世，多與她接觸聊聊，也許會減輕元和老師的喪夫憂傷。

伍、崑劇曲譜

崑曲被聯合國教科文組織列入為口頭遺產和非物質遺產予以保護是在二〇〇一年五月。我學習崑曲是在一九六八年，那時師大崑曲社才剛成立不久。崑曲社的老師與學員都是喜歡崑曲這個劇種才走在一起，絕對沒有其他目的。當時我們參考的《小宴》崑曲音樂帶是崑曲大師俞振飛及其夫人黃曼耘的錄音，用的崑劇曲本是焦承允老師的手抄影印本。焦老師出書是在我畢業後回到香港的事。我是一九七七年去加拿大。不記得是那一年，家裏來信說有人從臺灣寄來書籍一包，那時我與外子正在美加為生活兩邊奔走，後來才知道包裹裏面的是《炎薌曲譜》一本（一九七一年出版，焦承允編輯），《壬子曲譜》一本（一九七一年出版，焦承允編輯）與張元和著作的《崑曲身段試譜》（一九七二年出版）兩本。這幾本曲譜隨著我東奔西跑直到如今保存完好。

蓬瀛曲集是當時臺灣唯一的崑曲社，我曾跟隨焦老師去過一次，在座年長者居多，焦老師還對我說那天林語堂也在場。「臺灣孤懸海中，向少知崑曲者。自徐氏伉儷來臺，倡導不遺餘力。……維坊間苦乏曲譜可購，教學不無困難。……就目下徐氏日常傳授之生旦諸劇，選其中十齣，手繕成譜。……」（《炎薌曲譜》焦承允序。炎薌指徐炎之張善薌夫婦）。《壬子曲譜》與《崑曲身段試譜》二書的題字人為張充和女士。張充和女士乃元和老師之妹，現在美國並擔任海外崑曲社顧問。

焦承允老師為《崑曲身段試譜》作序文提到崑曲歌唱與表演並重，教師心傳口授並無教本，唱詞方面偶爾遺忘尚有曲譜或腳本可憑，唯表演姿態動作方位如何，疾徐進止，初由教師面授，無書本記載，全賴強記體會，因此崑曲學習起來十分困難。臺灣光復前，一般人不知崑曲為何物。光復後，經大陸來臺之曲家提倡才逐漸有人研習，但多限於歌唱，能演者甚少，因師資缺乏之故。崑曲表演較平劇嚴謹，舉手投足有一定準繩。在臺能教崑曲生旦戲者除張善薌夫人外僅顧張元和夫人一人。並提到元和老師出合肥名門，常居姑蘇。經其尊人延師拍曲習身段，課餘與姐妹合演為樂。後與崑曲界大師顧志成結合藝益進。焦老師與元和老師在蓬瀛曲集認識，對元和老師造詣心折。焦承允老師好崑曲能唱不能演，師範大學同學從彼習曲者，彼請元和老師為排身段演出，效果甚佳。由於元和老師一九七零年移居國外，未能在臺教學，彼力請其將崑曲表演身段筆之於書，著為身段譜，以唱詞賓白為經，逐一說明其時之動作情態，更附以角色行動位置圖，此乃研習崑曲之空前創作。而元和老師在其書前言也提到改《小宴——泣顏回》一段坐唱為出座演出，感謝焦老師為其手謄寫全書付印，並說其妹充和在病中為其閱覽，彼言因套版費事，建議舞臺動向圖中人物符號用一色，而以綫條區別實屬旁觀者清。

聞元和老師曾送給蘇州中國崑曲博物館一本《崑曲身段譜》，該書並錄有其示範《遊園》杜麗娘身段攝影三十多張。看來，我要再來一次華東遊。

（二〇〇六年七月十四日刊載於德州《達拉斯新聞》。此文資料曾在北美世界日報世界周刊二〇〇七年一一九七期登載。）

東風西漸

——崑曲青春版《牡丹亭》兼談白先勇先生推展崑曲

壹、引言

中國戲劇有兩百多種，崑劇為古老的劇種，有幾百年的歷史，對我們以至其他地方劇種的影響也比較大。白先勇先生說過「文學的力量是平面，但把它轉化為戲劇（他指崑劇），結合了舞蹈與音樂在舞臺上演繹，那個力量加深，直接震撼人心。」

我覺得所有的戲劇都有這個力量，都集合音樂，歌唱與舞蹈。如京劇，粵劇，越劇，黃梅戲，歌仔戲等等戲劇皆有賓白、唱和做手身段。現在我們所說的國劇京劇似乎代表了其他所有在我國各地方流行的戲劇而獨領風騷，實際上，京劇的歷史一百五十年左右，與其他地方戲劇相比歷史並不算最長久。

要談崑曲青春版《牡丹亭》，就要先介紹白先勇先生。因為這是他在過去幾年不斷努力的成果。

白先勇，當代著名作家，廣西桂林人。國民黨高級將領白崇禧之子。在讀小學和中學時深受中國古典小說和「五四」新文學作品的浸染。童年在重慶生活，後來隨父母遷居南京、香港、臺灣。臺北建國中學畢業入台南成功大學，一年後進臺灣大學外文系。一九五八年發表第一篇小說《金大奶奶》。一九六〇年與同學陳若曦、歐陽子等人創辦《現代文學》雜誌，發表了《月夢》、《玉卿嫂》、《畢業》等小說多篇。一九六一年大學畢業。一九六三年赴美國，到以阿華大學作家工作室研究創作。一九六五年獲碩士學位後旅居美國，任教於加州大學。出版有短篇小說集《寂寞的十七歲》、《臺北人》、《紐約客》，散文《驀然回首》、長篇小說《孽子》等。白先勇先生吸收了中國傳統的表現方式，描寫新舊交替時代人物的故事和生活，賦予歷史興衰和人世滄桑感。

崑曲青春版《牡丹亭》從二〇〇四年底開始在臺北國家劇院首演後，兩年來在兩岸四地演出近八十場，觀眾過十萬人，每場演出曲終人不散，觀眾捨不得離去。據白先勇先生說第一次演《牡丹亭》是一九八三年，那次祇演出兩折：「閨塾」、「驚夢」，由臺灣大鵬劇社名演員徐露、高蕙蘭主演，在國父紀念館演出兩場。第二次在一九九二年，力邀上海崑劇院當家名旦華文漪由美國到臺北國家劇院演出兩個半小時，演到「回生」為止。兩次都很成功。但是，他覺得明代劇作家湯顯祖這本扛鼎之作，《牡丹亭》是傳奇中的國色天香花中之后，五十五折的劇本架構恢宏，劇情曲折，上兩次演出祇見一斑。編演一齣呈現全貌精神的

《牡丹亭》一直是他的多年夢想，他說二〇〇四年兩岸文化界精英共同打造，由蘇州崑劇院演出的青春版《牡丹亭》讓他夢圓。

第一次見到白先勇先生是二〇〇六年九月，在加州。東風西漸，白先生帶著新製作青春版《牡丹亭》的蘇州崑劇院演員由臺北，香港，中國大陸一直席捲過來。有人說我瘋了，從達拉斯乘飛機到加州，花三天共九個小時坐在加州大學裏看戲。喜歡崑曲是我唯一的理由，不僅僅是為了看白先生，雖然他是近代一位名作家。那一次，白先勇先生每天開場前都在學校大堂觀看，因此有機會與他合照三次，也曾告訴他我來自達拉斯。最後一天，到後臺與柳夢梅（俞玖林演），春香（沈國芳演），楊婆（呂佳演）照相，可惜就不見演杜麗娘的沈豐英，否則那次加州之旅就太圓滿了。

在大學裏我唸的是國文系，中國文學史，詩，詞與曲為必修課，戲曲藝術是中國文學史的重要一環。大三加入師大崑曲社開始學習崑曲，完全是學餘興趣。身段師從崑曲大師顧傳玠的夫人、蘇州張家四姐妹的大姐張元和女士（著《崑曲身段試譜》）；唱法師承焦承允老師（《壬子曲譜》與《蓬瀛曲集》的編輯者）。唱過《牡丹亭》的〈遊園〉，演過《長生殿》〈驚變〉裏上部分—小宴—的楊貴妃，一九七〇年在臺北國立師範大學禮堂圓了穿戲裝登臺演戲的夢。畢業回香港後，焦承允老師寄來張元和老師著《崑曲身段試譜》一書，該書焦承允老師用毛筆書寫，非常漂亮的小楷，把崑曲幾個名劇的舞臺身段描得十分仔細，還有張充和女士題字。這本書一直收藏到現在，視如至寶。

來了美國幾十年，一直沒有機會繼續唱演崑曲，實際上沒有喜歡崑曲的朋友。想不到二〇〇九年初，在文友社新春聚餐，我以拋磚引玉式的唱出一曲《牡丹亭》一段〈遊園〉引起文友對崑曲這個劇種的注意，甚有詢問何時能一起唱樂，實在讓我驚喜不已。

二〇〇九年三月十四日，由佛光會德州休士頓協會主辦中美文化講壇，主持人辜懷箴女士，邀請白先勇先生主講「崑曲面向國際」。文友七人相約南下，參與盛會。在回途中，彼此覺得此行收穫甚豐。現在和大家分享崑曲戲文詞藻的美與白先勇先生推展崑曲的建議。

貳、崑曲戲文優美

百戲之祖（有稱為百戲之師）崑曲的魅力我們除了讚嘆它的服裝秀美，身段優雅，主要欣賞其內涵—戲文，即詞藻也是美不勝收，因為多取材於詩詞曲。白先勇先生九歲在上海看過一齣崑曲《遊園》後便一直沒有再接觸崑曲，數十年記憶猶新，這是非常難得的。我學崑曲的時候是二十歲，學過的戲文到現在同樣也還記得，這是因為崑曲韻文詞藻與音樂實在太美，忘不了。中國作協主席鐵凝曾說過，作家不必用盡文字表達，所謂意會不必言傳，就是要讓讀者用智慧去填充。以下就列幾段美的崑曲戲文，相信你一定能體會作曲者所要表達的意境。

舉例一《牡丹亭》明朝湯顯祖著。寫書生柳夢梅與太守女兒杜麗娘的愛情故事。

《遊園》

（皂羅袍）原來奼紫嫣紅開遍，似這般都付與斷井頹垣。

良辰美景奈何天，賞心樂事誰家院。

朝飛暮捲，雲霞翠軒。雨絲風片，煙波畫船。

錦屏人忒看的這韶光賤。（杜麗娘唱）

舉例二《長生殿》清朝洪昇著。取材自唐代詩人白居易的長詩《長恨歌》和元代劇作家白樸的劇作《梧桐雨》，寫唐明皇和楊貴妃之間的愛情。

《驚變——小宴》

（粉蝶兒）「天淡雲閑，列長空，數行新雁。御園中秋色斕斑，柳添黃蘋減綠，紅蓮脫瓣。一抹雕欄，噴清香，桂花初綻。」（唐明皇楊貴妃合唱）

（泣顏回）（合唱）攜手向花間，暫把幽懷同散。涼生亭下風荷映水翩翻。
（妃）愛桐陰靜悄，碧沉沉。
（合唱）並繞迴廊看，戀香巢，秋燕依人。
（妃）睡銀塘，鴛鴦蘸眼。
（泣顏回）（妃）花繁濃艷想容顏，雲想衣裳光燦新裝。誰似可憐飛燕嬌懶。
名花國色笑微微。長得君王看。向春風解釋春愁。
沉香亭同依欄杆。

舉例三《玉簪記》明朝高濂著。寫道姑陳妙常與書生潘必正愛情婚姻故事。〈琴挑〉是關鍵的一齣，描寫必正與妙常在「茶敘」清談以後互生愛慕之心，妙常月下操琴，必正尋聲而至，借琴曲試探妙常心意。妙常因受傳統禮教的規範，祇得以琴曲「廣寒遊」表明她的出家人身份來搪塞，但是在必正告辭之後，卻自露心聲。必正卻未離去，在旁聽得妙常的心聲後，欣喜欲狂，向上天訴求成就姻緣的心願。

〈琴挑〉

（懶畫眉）（生）月明雲淡露華濃。倚枕愁聽四壁蛩。傷秋宋玉賦息烽。落葉驚殘夢。閒步芳塵數落紅。（旦）粉墻花影自重重。簾捲殘荷水殿風。抱琴彈向月明中。香裊金猊動。人在蓬萊第幾宮。（生）步虛聲度許飛瓊。乍聽還疑別院風。妙聽淒淒楚楚。那聲中。誰家夜月琴三弄。細數離情曲未終。（旦）朱絃聲杳恨溶溶。長嘆空隨幾陣風。仙郎何處入簾櫳。早是人驚恐。莫不是為聽雲水聲寒一曲中。

參、白先勇先生推展崑曲

因為有了九歲對崑曲的深刻印象，加上後來因健康問題大難不死的感悟，認為應該在有生之年做些有意義的事，白先勇先生幾乎傾家蕩產選擇了推展崑曲。二〇〇六年為了青春版《牡丹亭》到西方演出，我曾整理一些資料和文友們分享；而巧得很，此次兩個多小時的講演，白先生所準備的內容剛好我早已經瀏覽過。其中唯一有新意的就是白先生提到崑曲的推展在世界各地仍然需要加強，尤其是中國大陸，他建議在中學開始就需要設立崑曲課程，一直到大學。現在就白先勇先生這個建議和閣下來談談。

崑曲是南方戲曲，發源於崑山，後伸延於中國南北各地。實際上，自中華人民共和國成立以來，對推廣崑曲藝術一直不遺餘力，這由中國大陸為崑曲申報世界遺產就知道當局是如何的重視這個劇種。雖然目前崑曲在中國大陸有北崑與南崑之分，兩者唱法身段沒多大差別。不過，南北民風究竟是各有不同，崑曲唱法的委婉，身段的雅約，由南方人來唱演應該較為恰當。現在崑曲在南方較為流行，這是否就意味著地區性民俗性使然？就像廣東大戲在廣東地區發展，京劇在北方流行，越劇代表上海戲劇，黃梅戲流行江南等等，全是因為方言的關係造成，看來這都是非常自然的現象。

至於白先勇先生提出中學大學設立崑曲課的建議，這是可行的，但僅限於選修課與學校課外活動興趣小組。因為唱歌曲究竟是一個興趣問題，就像一般唱歌畫畫的能力與天分有關，勉強不來。說實在話，甚至學科方面學生也不是全方位的能手，祇不過今日學校教育制度，當局需要學子如何如何，學子就是拼了命也要適應教育家們定下來的如何如何計劃。再者，若設立崑曲課，那麼，其餘幾個大劇種如京劇、粵劇、越劇等又如何處理？不也該全都設立推廣才對？

是日座談完畢，聽眾拿著白先勇先生的著作排隊等他簽名，當我把《崑曲身段試譜》打開，對白先勇先生說這是崑曲老師著的曲譜，若加上您的墨寶，這本曲譜就非常圓滿的時候，白先勇先生說：「張元和，我認識。」於是在書上簽名，對我笑一笑。這是我第二次與白先勇先生面對面交談。

「操千曲而知音，觀千劍而識器」（劉勰《文心彫龍》）。綜合起來，我讀懂白先勇先生的崑曲推展建議重點是在提倡「環境熏陶」，所謂潛移默化，成為生活的一部分。崑曲是一個唯美劇種，藉著它的柔美委婉深入人心，國民有著美的心靈，生活在美的環境，美的國度，從而影響到全世界。「潛移默化」，這是一個圓滿的大同世界理念，白先勇先生的立意基本非常正確。

可是，繼《牡丹亭》白先勇先生與他的班底選出《玉簪記》作為推廣崑曲的第二劇本，愚見認為若選取其他的劇本或者會好一些，譬如《長生殿》就是一個很好的劇本。雖然，美是構成崑曲的重要元素，但是也需要注意故事內容。如果白先勇先生推展崑曲寄望在年輕一代，那麼，健康的題材也是不容忽視的。現就其選取《玉簪記》一舉看來，崑曲課程的設立真的不適宜在中學，而應該是在大學；而且，觀眾的年齡也要已經成年。相信以閣下的智慧，必定能夠把本人沒表達出來的意見加以填補，是吧？（二〇〇九）

歌劇《秦始皇》

達拉斯電影院把二〇〇七年一月十三日在紐約大都會歌劇院上演的那場《秦始皇》同步放映，收費僅十八元就可以享受三個半小時的大型歌劇，超值。全院爆滿，精彩處觀眾拍手叫好，猶如置身現場。

歌劇《秦始皇》是由譚盾哈金作曲，張藝謀導演，主要演員有世界名歌劇歌唱家多明哥演秦始皇，田浩江演大將軍，吳興國演陰陽太師，Elizabeth Futal演岳陽公主，Paul Groves演高漸離和Michelle De Yang演巫師等等。

全劇分上下本兩部分——

壹、上本有三個場景

一、首先由陰陽太師作故事前述，說兩千年前有一個秦始皇統一中國。繼而秦始皇出場，表示不喜歡古代音樂，而要找一首可以代表他的權力與對自己建立的強大帝國的讚美曲。秦王想起他的童年朋友高漸離或許可以為他作曲，但高遠在燕國，秦王遂派大將軍發兵攻燕而得高漸離。同時，秦王答應把女兒岳陽公主許配大將軍。

二、此時雖然秦已統一中國，境內仍然一片混亂。秦王引見高漸離，以兄弟禮待之。高漸離因秦攻燕時使自己家散母亡，表示寧可斷舌也不要稱秦王為兄。秦王解釋要使中國統一，必要犧牲部分人民，才會得到永遠的勝利，同時希望高漸離能為他作讚美曲，可是高漸離表示寧死也不要為他歌功頌德。其時雙腿殘廢的岳陽公主在旁，對高漸離的氣節甚為仰慕。

三、高漸離被羈押後滴水不進以示死之意決，秦王希望岳陽公主幫他勸高漸離就範。公主與秦王達成協議：若高漸離為秦王作曲，她可以擁有高漸離，秦王允之。開始，公主使多種方法勸高漸離進食均失敗；最後，她口含食物餵高漸離進食，高有感公主待己真誠，二人成其歡好後，岳陽公主雙腳竟然神奇的能夠站起來。秦王見此，驚喜萬分：初因高佔有公主是為不敬而欲殺之，後因求高為己譜讚美曲而作罷。

貳、下本有二個場景

一、岳陽公主與高漸離彼此深愛對方。一次，高漸離授岳陽公主音樂課程時被正在修築長城的人民奴隸合唱埋怨秦王歌曲深深感動。然而，秦王制止他們唱，因為秦王要宣佈把岳陽公主許配給大將軍。岳陽公主以死不就範。秦王見此，遂勸高漸離暫時放棄岳陽公主，並表示大將軍早晚會戰死沙場，那時候岳陽公主就會回到他的身邊。其後，秦王想聆聽高漸離譜的新樂曲，但高漸離表示那就要等到岳陽公主回到自己身邊的時候才把讚美曲完成，秦王祇好由他。

二、最後一場含義抽象，述說秦王登基典禮的情況。在秦王一步一步往最高寶座拾級而登的過程中，曾有三次中止進行。第一次，秦王見到岳陽公主的靈魂來對自己說寧願自殺也不要為國家而犧牲愛情，但是秦王不理會，仍然繼續往上走去。第二次，大將軍的靈魂來告訴秦王他被高漸離下藥毒死，並說高漸離是有計劃報仇，但是，秦王仍然不理會而繼續往上登去。最後一次，是高漸離突然的在秦王面前出現，高說若沒有岳陽公主自己生存沒有意義，跟著，他咬斷自己的舌頭，滿口鮮血往秦王臉上吐去。秦王大怒，舉起寶劍刺高，並使他受盡痛苦而死。經過三次耽擱，秦王終於到達最高處寶座那裏，聽到人民高喊「皇帝萬歲」，「中國萬歲」。同時也在這個時候，秦王頭一次聽到高漸離為他編寫的「讚美曲」，人民所唱的原來就是那首以前奴隸們一直在唱的「埋怨曲」。（曲的大意是說秦王役使人民過度，造成人民痛苦萬分。其中有兩句歌詞是這樣的——「我們的痛苦何時了？除非是水比沙重。」）到了這個時候，秦王感到震驚之餘，才明白這就是高漸離對自己的一種報復。全劇完。

自歌劇《秦始皇》二〇〇六年聖誕節期間在紐約大都會歌劇院上演後，好評如潮的同時也有相當負面的議論。有說看到多明哥出場就好像看到毛澤東，如上言論實在無聊極點，本來是一齣好好的中國歷史的英語舞臺歌劇而被有心人無理取鬧，對於這說法，不必多費筆墨討論。

多年前電影《末代皇帝》也曾經使中外轟動。可是，這末代宣統皇帝溥儀形象太不可愛了，他，是代表中國一個朝代的沒落，不光彩。太痛苦的歷史，就讓它過去吧。秦始皇就不同了，他是我們中國第一個皇帝把中國土地統一起來；而秦始皇修築的萬里長城，一直到今天仍然是中國的象徵。中國人提到秦始皇的時候是應該感到有光彩的，應該值得驕傲的。我想也就是這個原因，譚盾、哈金與張藝謀把這個第一位中國帝王形象人物向全世界介紹出去。

歌劇《秦始皇》裏有說到秦始皇統一各個部落後功績顯著：除修築長城，抵禦外侮，希望世世代代過太平日子外；還有書同文，使國民互相了解，減少紛爭；統一度量衡，使商業有所規範；車同軌，道路開拓，訊息傳達便利等等。不過，也有說到秦始皇並不是一位完美的君主，人民在修築長城時怨聲載道。

錢穆《國史大綱》也認為秦始皇的功是「為中國版圖之確立、為中國民族之摶成、為中國政治制度之創建與為中國學術思想之奠定等。」一大體言之，秦代政治的背後的確有一個高遠的理想，秦政不失為順著時代的要求與趨勢而為一種進步的政治。同時，錢氏又提到秦廷有集議之制，朝廷每逢有大事，君臣集議，就這種政治風格而言，亦非一君權專制之現象，秦代政治的失敗乃在於其役使民力之逾量。

總而言之，我們知道秦始皇在位期間有功也有過，他的過是建立在其功上面。在上本第二場，編劇者已經借秦始皇向高漸離解釋「為了要使中國土地統一，犧牲部分人民是不得已的；還有，為了防禦外侮，修築長城也是必需的」來印證這段史實的不可避免而向觀眾交代。然而，兩千年下來，無論秦始皇政績如何顯赫及其對國家如何建設，一般老百姓仍然覺得秦始皇的過大於功，那就是其役使民力之逾量，營造宮殿和修築長城等。「我們的痛苦何時了？除非是水比沙重。」也就是張藝謀譚盾等人所要向我們表達說明：當政者與老百姓的想法是完全不一樣的。

觀看這種同步放映的歌劇好處在於有特寫鏡頭，演員臉部表情一清二楚。而且，在間場時刻有預先錄好的花絮可看，使觀眾對該歌劇籌備經過有個了解，在觀看戲劇的同時，會更加欣賞每個人付出的精神與努力。如果你沒有看見張藝謀與工作人員在後臺用六百多根繩子吊起六百多塊石頭（當然不可能是真石頭），你就完全沒有張藝謀等人舞臺設計的概念。他們就是利用這六百多塊石頭樣的道具翻來翻去像變魔術：可作石級用，可做城牆用，可作山路用。這是張藝謀與設計人員苦思的成品，並非如有些人說像陰沉沉的墳墓。當然，戲劇是戲劇，戲劇也具有娛樂性的。因此，歌劇《秦始皇》對於岳陽公主與高漸離的愛情穿插是否真實，那就要讓閣下去翻翻歷史書尋找答案了。（二〇〇七）

《霸王別姬》與中國名劇作家蕭白先生

記得多年前中國大陸準備推出一部由歌唱家戴玉強先生主演的意大利歌劇《圖蘭朵》來德州演出，新聞發佈會也開了，主角戴玉強先生也來了，本人還與戴玉強先生合照。後來聞說是來美演員保險問題與此地主辦談不攏而夭折，使達拉斯中外人士失望得很。

二〇〇七年底由我們中國人自編、自導、自演的歌劇《霸王別姬》來美國巡迴演出，二〇〇八年二月終於來到德州達拉斯，這是最後一站，當然要感謝中美文化國際交流基金會主席郭立明女士的投資過百萬全力促成。二月二日下午在達拉斯德州大學人文藝術學院與孔子學院聯合召開新聞發佈座談會後，二月五、六兩日在達拉斯李察遜艾斯曼中心Eisemann Center隆重演出。

歌劇《霸王別姬》述說的時代背景是秦末楚漢相爭的時期，楚漢相爭二主角為項羽和劉邦，最後項羽失敗，劉邦統一天下建立漢朝。蕭白先生在《霸王別姬》一戲重點祇著墨於項羽、韓信、虞姬三人，沒有劉邦。為什麼？蕭先生說他主要向觀眾傳達兩個訊息：（一）韓信對項羽的的義（二）虞姬對項羽忠貞的愛情。全劇內容述說項羽軍入咸陽，火燒宮殿，

「火焰沖天蓋地，連綿百里。烈火在狂風中嘶叫，心像海捲起波濤。」欺壓秦民「不祥之兆，紅天黑地。」正當項羽與將士飲酒同慶，計劃不久回吳中楚地，「榮歸故里，從此罷兵歸田園」之際，祇有他的一位大將又是結拜兄弟韓信勸他雖然攻陷咸陽，仍然有危險，入關後要善待先秦子民。韓信並主張項羽建都咸陽，與其他列強抗衡。「勝利不還鄉，如衣錦夜行。」無論虞姬如何曉以大義「深深的情，重重的義，將化作和風春雨，灑滿大地」妄自尊大的項羽沒有聽取韓信忠言，反而給與諸多壓迫，「楚人沐猴而冠，拭目看明朝，天下屬何人」韓信滿懷失望傷感離開了項羽投靠劉邦。三年後，韓信成為劉邦麾下的大將軍，其時韓信的主要任務是以十萬大軍圍項羽於烏江旁，然後等待機會殲滅他。在韓信準備動兵的前一天，回想自己與項羽的結拜兄弟情，實在不忍心殺死項羽。隨著韓信投漢的虞姬妹妹虞珠曾偷會虞姬哀求虞姬逃走，然而虞姬卻堅持要和項羽同進同退。最後，韓信想到一個既能滅楚又不讓項羽犧牲的方法，著一漁夫備小舟岸邊，接項羽虞姬渡江。且說項羽率軍經過多次廝殺，大敗，帶著剩餘的二十八人作最後掙扎。一漁船靠岸，勸彼等登船，然而，項羽以無面目見江東父老而拒絕，虞姬也寧願與項羽一同留下。漁船去後，虞姬為了使項羽少了一個顧慮自刎身亡。江山無望，愛姬逝去，項羽也隨著在江邊自刎。生為英豪死為鬼雄，項羽死後，漢統一天下。

根據司馬遷《史記》〈項羽本紀〉給項羽評語記載如下：

太史公曰：「吾聞之周生曰：『舜目蓋重瞳子。』又聞羽亦重瞳子。羽豈其苗裔耶？何興之暴也！夫秦失其政，陳涉首難，豪傑蠭起，相與並爭，不可勝數。然羽非有尺寸，乘勢起隴畝之中，三年，遂將五諸侯滅秦，分裂天下，而封王侯，政由羽出，號為霸王；位雖不終，近古以來，未嘗有也。及羽背關懷楚，放逐義帝而自立，怨王侯叛己，難矣。自矜功伐，奮其私智而不師古；謂霸王之業，欲以力征，經營天下，五年卒亡其國，身死東城，尚不覺悟，而不自責，過矣。乃引『天亡我，非用兵之罪』也，豈不繆哉！」

項羽的失敗，司馬遷覺得是有許多因素：雖然項羽天生奇異但年輕時學書不用功、學武又耐性不足、少年得志驕矜自傲、經營天下以武力、對下屬嚴苛無情、對批評者用酷刑、鴻門宴與劉邦相遇顯婦人之仁未能及時殺劉邦留下大患等。然而項羽不自知，反說成是上天要他滅亡而並非是自己用兵的錯誤。這真是荒謬的言論。

蕭白先生的才華是不容置疑的，唱詞使人擊節欣賞。除了上面所引詞句之外，下面再引兩段戲中唱詞讓各位欣賞作結。

赫赫秦國，轉瞬即亡。
阡陌家園，一片火光。

降為奴，別故鄉。
路茫茫，欲斷腸。
飄零向何方？

生我父母，與我祖邦。
腳下熱土，悠悠上蒼。
身為奴，別故鄉。
路茫茫，斷肝腸。
回首淚千行。

（二〇〇八）

輯六　歷史文化篇

漢語拼音已經受到重視

二十多年前美國德州達拉斯還沒有中文學校的建立，家長各自在家裏教孩子認字。後來，有位家長先生帶頭，創辦了一所中文學校，並借用當地的教會上課。該位先生身份特殊，他既是家長又是臺灣僑務委員。在創校之初，該校用臺灣供給的中文課本，課文漢字旁附有臺灣的那套注音符號。接著，由於學生多起來，於是又增建分校。分校建立後，由於有香港來的孩子報讀，校方把他們集中一起稱為「廣東班」，讓我來教，理由我也是廣東人，除了用英語以外，我還可以用廣東話與他們溝通。

由於我是廣東人，國語說起來不甚標準，因此對廣東班學生要求也不高。但是，因為他們對於注音符號毫無認識，在家又不說國語，教起來非常困難。雖然，家長把孩子交來目的是想孩子多少可以學點中文，期望也不大；可是看到他們要幾面兼顧，學起來比別班孩子額外吃力就於心不忍。那時候，學校要求學生考試在漢字旁注音，就像臺灣考學生那一套。記得本人在臺灣讀書，大一國音課幸運過關，不少香港同學要重修。因此，就覺得在中文學校的這個注音考試對我班來說簡直是在考狀元。後來，有位家長向我建議用漢語拼音教學生，並且問我懂不懂。我說懂，不過要問校長與董事。那時校內祇用國語注音符號與羅馬拼音兩種教法。經過校長，董事與家長一同會議，我把用漢語拼音的好處向大家介紹，並且說在海外辦中文學校的目的是要學生認識中國字，會說中國話，能力強的再進而會寫中國字。為了使學生減去壓力，增強學習效果，漢語拼音祇是用來幫助他們發音，不考。最後，校方決定讓我用漢語拼音教我的廣東班，並且接納我的要求不考注音。現說來是十七年前的事來了，那一次的會議我永遠不會忘記，那不但是一場寬量包容的一次會議結果，更是以教學為重，以學生為重的一次真正的教育會議，比我過去在多倫多，在香港所開過的教務會議更有意義，更使我難忘。

現在，達拉斯的中文學校越開越多，各校都有設立漢語拼音班，家長也知道漢語拼音的優點而送子弟來就讀。看到漢語拼音在達拉斯已經成長並且普及起來，當年我們那一群人開頭把漢語拼音帶動是一個明智的選擇。（二〇〇二北美世界日報）

種族歧視

我的同學曼與先生兩個孩子住在加拿大，我倆的孩子年紀差不多。十多年前，她唸小學的兒子經常在學校與同學打架，滾地沙，兒子老師建議帶他去看心理醫生。曼心想兒子不會心理有不正常吧？回家對先生說。她先生說那位老師神經過敏，小孩子打打架很正常，看什麼心理醫生。可是，日復日，兒子仍然跟同學打架，而兒子老師的善意也越來越堅決。終於，身為醫生他也同意老師的建議，準備帶兒子去看心理醫生，使曼失去教育孩子的信心。一次電話裏她一五一十告訴我，問有何方法使兒子不與人打架。

我問她有否問過兒子為什麼與人打架。她說問過了，兒子說同學對他說：「Ching Ching, Why don't you go back to your country?（中國人，為什麼不回到你的國家去？）」

啊，怪不得她兒子與人打架，若換了是我，我也要打他們！

接著，我又問她兒子還說了些什麼。

她說每逢人家對他說這句話的時候，她兒子就會說：「I am not Chinese, I am Canadian.（我不是中國人，我是加拿大人。）」

聽到這句話，我的心像被銳利的針揪了幾下，非常的痛。知道曼的兒子打架原因與結果之後，我對曼說我就是心理醫生（雖然我不是），她的兒子沒有病，非但沒有病，而且比她與她先生都來得正常。我叫她放下電話，閉目想五分鐘之後就會明白，以後也不會再有煩惱。

我家孩子小的時候我是真正的家庭主婦，沒有外出做事。身為媽媽，我並沒有為他們築牆與別的孩子隔開，反而找機會請鄰居來家裏吃喝玩樂。桌上擺著餛飩、水餃、春卷等等使外國人著迷的中國食品，加上一壺茉莉花茶，那就夠女人們談到先生們下班回家。外子說我使用利誘為孩子們找伴，我覺得這沒甚不好，人與人之間多談多了解，小孩一起玩得多，俗語說「看順了眼」，就不會覺得彼此有什麼不同的地方。因此，我的孩子在成長的過程中，完全沒有被任何人歧視的感覺。現在，他們都已成人，有時會玩玩我這個老媽，每當我無意識的問他們與什麼人出去的時候，得來的回覆是「不是中國人」，然後就說我有種族歧視，然後就哈哈大笑。

說什麼「大陸人、香港人、臺灣人、上海人、廣東人、南方人、北方人、……」，就連咱們是同族也有人覺得與來自不同區域的人相處不自然，何況是與差別更大的異族相處？這過程需要額外的思想準備與過濾，了解與體諒。身為父母，在孩子小時候的思想灌輸要十分注意，教導他們接納差異，從而建立孩子們將來面對全人類的信心。（二〇〇五）

紅顏文學看古今

聽了朱琦教授的演講——千年文學說紅顏——感慨不已。朱先生以中國文學發展期間的文人作品為經，重點橫在唐宋文人騷客為女性著寫的宣洩感情作品，而最後以論明清小說人物作結。古代文人詩詞讓朱先生隨手拈來，順口說來，娓娓動聽。

文學的天地，千年以來既然古代良家婦女不屑或不能插足，那麼她們的機會就拱手讓給那些青樓歌妓了。古時候一般良家婦不太從事做學問功夫，因此，古代女子留存下來的文學作品並不多見，我們祇能從男士們的「權威性」的描述與評論去了解他們筆下的女人或名女人。

我國婦女從古代「無才便是德」的人為觀念轉而得到今天的自由開放歷盡多少艱辛？多少酸淚往肚子裏吞？這都是拜我國的儒家思想所賜！我國的儒家思想在古代不僅僅是一種哲學思想，還是君主用以管治民心的一種較為有效的工具。朱先生說當儒家文化極盛的時候，我國女性女權就會受到壓抑。愚見認為，在古代的社會裏何止是女性受到壓抑，士人君子又何嘗不是在儒家文化的規範下戰戰兢兢？

生於這個世代的女人算是幸運的，女生可以與男生平坐在教室裏讀書，不必像祝英台男扮女裝到學堂。家庭寬裕又開放一點的，女子也可以有機會到外地升學。若想從軍報效國家，也毋需像花木蘭穿上男性戎裝上戰場，可以光明正大的報名參軍。世界上不是有些國家也有女人當上總統嗎？想到這裏，就夠身為女人的我們高興了大半天了！（二〇〇五）

閒話加國

第一次到加拿大多倫多是在一九七七年，當時祇有外子和我兩人。十三年之後又踏上這個國家的土地，舊地重臨的時候，我們已經是一家五口。為生活，我與外子開始四處找工。有同學告訴我多倫多中文教席容易找，於是就按照正當手續申請，到各區的教育局詢問。安大略省（Ontario）地圖為方塊形，路很好走；問題是我在他們開學之後才到達多市，所有的教席都滿了。最後，在Markham區公立天主教小學尚有一缺，是星期六上午九點到十二點半的小學一年級中文班，從此我開始有收入。

加拿大對外來移民在保持移民原有國家的文化發展不遺餘力，為了使移民們的下一代有機會繼續學習自己本國的語文，教育當局設立一個叫「Heritage Program」我譯為傳統文化組。以多倫多為例，在各小學學校星期一到星期五下課後及晚上均設有各種語文班：如中文、意大利文、印度文、阿拉伯文等等，星期六上課是早上九點到十二點。入讀的學生完全免費，教材由該校的老師們共同釐訂。要在政府辦的傳統文化組任職，要看你的學歷學位是否在加拿大認可的大學名單內。那時候加國教育部給老師的待遇為每小時二十三至二十八加元之間，待遇算是非常優厚。

加國對國民非常照顧，先說孩子吧，全國每個十八歲以下的孩子每個月從政府直接過戶三十多加元，那時是一九九零年，中國人叫這些錢做「牛奶金」。事實上，那時候這筆錢用來買牛奶是綽綽有餘的。再說醫療方面，全國人民有醫療保險，看醫生、照X光住院免費，人們買藥是要付錢的；六十五歲以上的國民有些藥物是免費，不會開車的長者，藥房還會把藥送上門來。

多倫多的學校不設飯堂，學生要自己帶午飯。中學畢業班同學可以到外邊吃，因此在學校附近的商場吃店如麥當勞中午就擠滿了學生。下課後那商場也是學生活動的地方，尤其是電子遊戲機的店鋪更使學生流連忘返。一般中學生沒有自己的車子，他們從來不擔心交通工具，因為公巴到處有，隨時有。那時候我的兒子纔十歲，他自己坐巴士幾乎遊遍整個多倫多。

加國是個多元化的國家，該國居民比較容易接納來自不同國家的文化和習慣。當然，我也聽過有些住宅，當越來越多中國人搬進來，那些非中國人的住客搬出去也越來越多，到頭來那個區就變成「中國城市」的也有。人們有自由選擇居住的地方，你能住，我也能住，大家都是移民。

住在多市，走在多市，吃在多市，讀在多市，教在多市，都不感覺到自己是移民。說實在話，在多倫多的中國人到處是，尤其從香港來說廣東話的為甚。在多倫多市中心街上走著，就像處身在香港的銅鑼灣，粵語同鄉，密密麻麻，完全沒有身在國外的感覺。（二〇〇三）

降頭

電話那一邊傳過來熟悉的聲音，相隔三十幾年，我還能記得是來自一雙大大圓圓水汪汪的眼睛，嘴巴閉起來充滿自信的華。

在臺北唸師範大學的時候華住在我隔壁房間，馬來西亞來的僑生，與我同系同班，嫻靜溫柔，是標準的女性，因此很早就名花有主，以前幾乎天天在女生宿舍門前站崗的那一位男士，就是她現在的先生。與華同寢室也有一對馬來西亞的姐妹花，姐姐與男友感情不錯，可是開學不久姐姐就病起來，屢醫不愈，最後決定返回家去。姐姐回去後，妹妹收拾牀鋪，見到有符咒紙在姐姐的牀墊下，她猜這符咒肯定是姐姐的情敵所為。

聞說中南半島盛行落「降頭」，「降頭」是一種邪術，那些人若知道你的生辰八字後就可以進行。他們可以使你生病，也會使你瘋瘋癲癲，更可以使你失去記憶，終生聽他們指使，更甚者可以使你死亡。

以前母親也說過在我們家鄉村裏有一戶家人，丈夫到南洋經商多年，好不容易告老回鄉，一家團圓。可是，他回來不久就生病，藥石無靈。一天門外有一道士經過，得知男的生病，於是與他詳談。也許男的與男的可以傾吐心事，又也許男的知道命不久矣，想有個人知道事情的始末吧，於是把真相源源述說出來。原來他放洋後就認識一位熱情的南洋姑娘，兩人成為夫妻。可是，男的離家久後又興思鄉之情，告訴南洋姑娘想回家看看，並在行前讓南洋姑娘落了「降頭」以證明他一定會回來。

道士聽後，著男的妻子用蜈蚣煮湯，讓男全吃下去，不到一個時辰，男就嘩啦嘩啦嘔吐起來，一會，吐出來的那攤穢物裏有兩隻小鴨子。當眾人定睛再看的時候，兩隻鴨子已經消失了。幾天之後，男的就完全沒事，一家高興。上面事情的經過母親說是有人親眼看見，不會是假的，大家也來個姑且聽之好了。（二〇〇四）

國文與寫作

二〇〇二年臺灣中研院士會議通過臺灣國中學校測試加考作文，而某考試委員則倡議公務員廢考國文。前者使人心振奮，因為到底有人認識到寫文章的重要；至於後者，值得我們認真思考。

我讀中學的時候，香港的考試制度人說是填鴨式。以國文科為例，中學國文科會考課程文言白話兼而有之，而其中又以文言佔多數。那時候，老師說在作答時把原文默寫出來就已經及格，若把文句加以演繹，那分數就會高些，可以得優得良云云。

隨著時間遷移，香港教育司署位高薪厚的人又變花樣了，他們說文言文艱澀難明，學生背誦而不知其意，因此把會考課程更改。更改後的課程，白話雖未完全取代文言，但相比下已佔了多數。到了我批閱會考卷子時：文言文課程少了許多，學生答題時可用自己文字表達，不必根據原文；至於批改標準與我當學生時又差遠矣。由於學生用自己文字作答，無原文支持，表達能力弱的，其文架構鬆散，內容貧乏，說理乏力，閱讀之下不知所云。每當批改後的卷子一張一張在我眼前飛躍，內心對當局的決策就越來越懷疑。

由國文，作文使我想到美國德州達拉斯在二〇〇二年暑期舉行漢語教學研討會，前來參加的老師非常踴躍，他們的認真與熱情使我感動。參與研討的中文老師來自不同地區背景信仰，這表明教學沒有界限，大家帶著同一個理念，就是如何使漢語教學法在此地更有效的展開，使學子得益，各人提出的意見與建議甚具積極性。其中有位老師的發言使我印象特深：她提到無論兩岸形勢如何，絕對不會影響此地中文老師的學術交流；並要求多舉辦像這種的研討會以增進大家在漢語方面的教學；同時更希望此地的中文老師與學生有機會集體到大陸旅遊觀摩學習。該位老師每一句話道出所有與會者的心聲，贏得滿場掌聲。對於這些建議，中國大陸駐德州休斯頓總領事館教育領事馬燕生先生說可以向上面反應，這當然又招來全場熱烈的歡呼。

漢語拼音教學法現在已經是國際通用的拼音法，世界各地大學的漢語教學多採用此法教授，德州奧斯汀大學就是用漢語拼音法教授中文。當然，漢語拼音法並不完善，但對於海外學子如要學習中文，一般專家認為用此法比較適合。每一種教學法必各有利弊，我們可以取長補短，當教學系統更趨完善，孩子的學習就會事半功倍。

孩子是我們國家的未來，我們當老師的目的是希望他們能夠先認識與了解自己國家的文字與文化，再進而能夠利用文字流暢的表達他們的思想。讓孩子們了解他們自己是我們當老師的教學第一步：當孩子清楚自己來自何處，才正確知道將來該走向何方。

經過這次教學交流，漢語教學在達拉斯已見到希望，有了這一批朝氣勃勃的老師，使我對漢語在此地推展已抱有很大信心。散會後有機會與馬燕生先生交談，談到在海外我們最終目的是把中文科打進此地中小學校作為一個有學分的正式課程時，馬先生說我們國家的文化要在人家的地方受到重視，自己的國家必須首先強大受到國際的尊重。看目前的局勢，大家都知道不是三五年時間就可以辦得到。從現在起我們先把最基層做好，那就是老師們把中文教好，孩子們把中文學好。人必自重而後人重之，國人對我國文化先要認識與看重，人家才會想要認識並重視我國的文化。希望不久將來，我們不再需要開會討論如何去爭取中文被列入正式課程。（二〇〇二）

從我國傳統文化談起

曾看過一篇文章，裏面有一句話使我耿耿於懷，不吐不快。原文章說：「中國留學生應該認認真真地學學基督教深刻自省，平等博愛和切實奮鬥的精神——這些我們傳統文化中缺少的東西。」這位作者是在誤導讀者。

謝冰瑩女士在《新譯四書讀本》序文說：「數千年來儒家思想一直指引著中國人，重視人性的尊嚴，發揚仁義的道統，使中華文化歷久彌新。《四書》一書，代表了儒家精典的精華，啟示我們做人處事的原理。自第二次世界大戰結束以來，工業高度發展，人類對物質的追求固然改善了人們的物質生活，但對德行的培育和修養卻不見有同步的提升。其實物質生活與精神生活是應平衡並重而不可偏廢的。《四書》在我國，相當於《聖經》在西洋，具有它的傳統性和影響力。《四書》包括大學，中庸，論語，孟子四本書，它代表了我國固有的文化的主要部分。在社會上，形成了完美的倫理道德的秩序，忠孝節義的精神，使人與人的相處更為和諧幸福。由於儒家學說的博大精微，因此，《四書》變成了世世代代人人必讀的書籍，使每個人進而了解我國歷史文化的悠久和優美，發掘個人存在的價值，以及對社會，對國家應負的責任。」

（謝冰瑩女士是臺灣師範大學「新文藝創作」課指導老師。記得上第一堂課，她給每位選課學生兩粒相思豆。幾十年了，相思豆雖然不知落在何處，可是，那過膝旗袍，及領直髮，坐三輪車到校園來上課謝老師的形象深深印在腦海，永遠不忘。）

中學國文課本裏就有取材於《四書》、《五經》的章句，老師還要我們背誦默寫。現在年過半百，對學過的章句不但還會背一些，而且，由於年輕時得到良師諄諄教導，加上幾十年的人生經驗，儒家思想的對我啟蒙重要一直沒有忘記，並且身體力行，誠恐不能做到完美。也許，現在的年輕人一切以洋務為上，對古老的《四書》《五經》早已不屑去翻看。其實，我國的傳統文化就是要自省，博愛和奮鬥自強，這是由來已久的儒家思想的精髓。

對於該文作者為何特別強調「中國留學生」暫且擱下不談，倒想談談他認為我國傳統文化所缺少的自省，平等博愛和切實奮鬥的精神。現在，就以最為人所知曉的《四書》與他舉出的三點來比對一下。在這兒，我不想佔去太多篇幅把《四書》裏面有關章節全錄下來，只把綱目點出，讀者翻看《四書》讀本及譯本自可一目了然。

壹、深刻自省

大學——朱熹分為經一章，傳十章。主要在闡明三綱和八目之連貫性。請參看經一章和傳裏面的二、五、六、七章。

中庸——這篇是孔門師生傳授心得的方法，孔子的孫孔伋怕時間久而有錯，故寫下來傳授給孟子，共分三十三章。請參看第一和第三十三兩章。

論語——裏面所提到深刻自省的章節太多了，請參看學而十六，十七，二十二，二十三，二十四；泰伯十一，十四；子罕四，十一；顏淵一，四，十六，二十一；子路六，十三；憲問三；衛靈公二十，二十一，二十六；季氏七。

貳、平等博愛

論語——請參看顏淵五；雍也三。

孟子——請參看梁惠王上第二和第七兩章；梁惠王下第一章。

參、切實奮鬥

論語——子罕十八，十九，二十，二十一，二十二，二十五；季氏九。
孟子——離婁下三十三；告子下二；盡心上十和十八；盡心下十一和二十一。
（以上僅就該文作者所列舉三點粗略節錄比對，讀者可再深入探討。）

德州達拉斯多間中文學校均提倡背誦古書詩文，這是可喜的現象；也聽聞最近臺灣學界廣泛推廣我國古典古籍如《四書》、《五經》與《千字文》，並興辦國學經典班，對象從小學生開始，這更是使人雀躍的訊息。

聽父親說，年幼在鄉下私塾唸書，即所謂「扑扑齋」。扑者，擊也。學生懶惰，私塾老師用小木板敲打其頭顱，打得多了，學生自然乖乖地勤奮向學。父親還告訴我們一個笑話：班上有一個學生實在太懶惰，每次背誦《古文觀止》都不會。一次，老師忍無可忍，對他說：「明天你再不會背，就用鐵鈎子把你吊上屋梁去。」該學生問如何吊法？老師說：「鈎你的鼻子。」嚇得他當晚挑燈夜讀，第二天上課就背誦如流了。那位老師用盡威迫利誘使學生勤學，用心實在良苦。

教育為立國之本。因此，教育要從小開始。孩子從小就要告訴他我們中國悠久的歷史和優美的文化以及兩者的內容與特點。因為，他們也將會自由地涉獵西洋任何一個國家的歷史和文化。希望他們有了我國基本的學識，將來可以兼收並蓄，去蕪存菁，不致發生捨近圖遠，中西二學理念混淆不清的弊病。

讀了謝鵬雄君的《三代年表的考訂》一文，對其所論極有同感，現在擇錄其部分內容與大家分享重溫。該文說：「中國不但寫史的人多，而且讀書人重視歷史。不但因《史記》《漢書》為史書而兼為傑出的文學，敘事精辟，文采瑰麗，也因中國讀書人一向以讀史為主軸，然後旁及諸子議論，詩詞歌賦，再旁入小說戲文，醫學雜說。這樣的讀書原則是有道理的，因為歷史是文化形成及推移的過程。今日時代雖然變遷，但必認識中外歷史，乃能認識人類文明之實體，其關鍵不變。許多人不察，有的人還主張廢去中學課程中的歷史課，真是無知之甚。」悠久的歷史，常常是民族的驕傲。一個國家的政治史、社會史、文學史，也就是這個國家今日的政治、社會、文學的主流。譬如聖經吧，它是敘寫古猶太人的歷史書，現中外教徒視之為金科玉律。設想若干年後，我們「中國的歷史記載資料」也被各方人士奉讀如「天書」的話，「中國歷史」會否也被稱為「東方的聖經」？悠久的歷史是民族的驕傲，我衷心等待著這一天的到來！

三民書局發行人劉振強君曾說過以下一番話——

人類歷史發展，每至偏執一端，往而不返的關頭，總有一股新興的返本運動繼起，要求回顧過去的源頭，從中汲取新生的創造力量。孔子所謂的述而不作，溫故知新，以及西方文藝復興所強調的再生精神，都體現了創造源頭這股日新不竭的力量。古典之所以重要，古籍之所以不可不讀，正在這層尋本與啟示的意義上。處於現今世界而倡言讀古書，並不是迷信，更不是故步自封；而是當我們越懂得聆聽來自根源的聲音，我們就越懂得如何向歷史追問，也就越能夠清醒正對當世的苦厄。要擴大心量，冥契古今心靈，會通宇宙精神，不能不由學會讀古書這一層根本的工夫做起。

我不反對宗教，宗教自有它存在的價值。但是，西洋的聖經不能代表一切。希望我們能把舊有的觀念重整一下，擴大心量，接受古今中外的訊息；更重要一點的是我們不應妄自菲薄，以虧時遇，願以此共勉。（二〇〇二）

母語外語

看過譚恩美Amy Tan的《Joy Luck Club喜福會》否？一年返港，在飛機上看這部電影使我感受特深，內容是說幾個華人移民家庭的母親是好朋友，彼此都有女兒，故事圍繞著幾對母女發生的事，身為女性移民不能不看這部作品。除了《喜福會》這部作品，譚恩美還有一篇文章叫《Getting Ideas For Writing》，內容是說由於母親的英語欠好，從小跟著母親長大的Amy在一次上司說她英文欠佳而觸發她在大學以英文作為主修科，後來開始寫小說，越寫名氣也越來越大。譚恩美說雖然母親英文不太好，但看懂她寫的《喜福會》，母親懂得許多中文，在自己替母親翻譯作品時也覺得有許多話不容易用英文表達出來，並表示如果母親能多懂些英文，在從事翻譯書籍的時候一定會比她好。

我覺得自己還算是一個好學不輟的人，遇到不明白的總會翻翻字典或百科全書以求答案。我家有套一九八五年的世界百科全書，是送兒子的禮物，那年他七歲。十八年來該書不知經過了多少版的內容增加，然而，歷史與事實是不能改的，因此這套書我仍然繼續使用。

出生求學成長做事一直混在華人社會，不是謙虛，雖然在讀書時期英文科及格，實際上覺得自己的英文欠好，尤其來到海外真正與老美接觸過後方曉得自己英文是如此可怕。寄居海外三十年，從不敢張嘴而到胡言亂語說得天花亂墜；從不講文法只講重要的字所謂「key words」而到追著兒女討教英文文法與用詞，其間受盡兒女多少的閒氣！

二〇〇二年初，為了尋求在大學部有關聲樂的教法，因而進入了美國德州達拉斯哥林區社區大學的音樂系選了一科聲樂。本人沒有考過ＳＡＴ試，故被要求考他們的ＴＡＳＴ測試。當然，結果下來祇有數學及格雖然心有不甘，可要認命是如此。與該校音樂系主任電話談過，也與該校註冊部門職員交涉過，答覆是這有學分的課程主要開給音樂系學生選修，位置有限。記得他們有問我是否準備修個音樂系學位，我對他們說「你們不是跟我開玩笑吧，我快六十歲了。我來貴校讀書只是興趣。」也許「六十歲」這三個字震撼了他們，談到最後他們讓我選修聲樂，但也要兼選大學部的英文，這是學校規例，所有ＴＡＳＴ不及格的學生都要修英文。就如此，為了一星期兩小時一學分的一門聲樂，一變而要上一星期五小時四學分的兩門課。

年過半百再讀書的人何止千萬？我不能說自己是如何的偉大。儘管不是生來白癡，英文也有些基礎，但從新與字典文章理解做朋友給我非常大的壓力，這種壓力就是一種挑戰，我一直對自己說我要戰勝它。

記得第一天走進英文課的教室，有二十幾位不到二十歲的年輕人，還有一位東方女子。這位女子年紀看來比我小，但肯定不祇二十，心想不錯，還不完全是「小外」。怡紹就是後來與我同組示範，互相勉勵成為彼此上課的支柱。孩子與家事常常把她弄得團團轉：天天上下課的接送，孩子突然不舒服，學校打電話來她就要走出教室等等弄得心神不定，但是她為了進修自己，不管有多煩惱仍然能夠堅持下來。想想自己年紀雖然比她大，但顧慮比她少，遂下定決心把這兩門課讀好。

一學期下來，經過多次的習作與測驗，我與怡紹的英文科總平均都是九十幾分，期末考免考，比班上有些年輕同學強多了。記得那天上完最後一堂英文課，與她一道走出校門的時候，覺得太陽笑得特別燦爛。

至於我的聲樂課，一學期自選曲三首。我選了《If we hold on together》，是卡通片《The Land Before Time》主題曲；《Don't cry for me Argentina》，是電影《Evita》主題曲。最後一堂，我選了那首波蘭民曲《小鳥》，一年神州合唱團演出有唱過。平時，上課老師帶來一位女士為我們伴奏，那次用中文唱，請班上一位同學為我伴奏，課堂的「小外」們覺得很新奇。結果，成績總結下來是A，證明這學期我沒有白讀。聲樂教授還問我秋季後選他的科否？不管他問的用意如何，我想肯定是好的。

這半年我閱讀不少文章，因而理解英文的能力是有點提高，最初想知道此地大學部如何教聲樂與我原來的私人聲樂學習相比的目的也已經達到：這位大學部老師給我的印象是授業解惑無私的人，不像有些私授老師像中國功夫電影裏的那些長鬍白鬚的師傅，總給自己留一道絕招。

似乎講遠了，該回到正題。「母語」（Mother Tongue）是我們每一個民族所慣用的語言。這語言當我們生下來就一直沿用到死去，其間無論你學過多少種外國語言，祇有母語是與你最接近最親密的一種語言。譚恩美提到她母親因害怕與股票經紀人交談，自己冒充母親與經紀人在電話裏談。也許大家會說「這似乎就是以前的我？」。有些孩子覺得父母英語不靈光而感到沒面子，父母也因此而尷尬萬分。其甚者在夜半人靜時候會問自己為什麼來了海外幾十年還是不能與人交談？看不懂書報與路牌？不看本地電視臺祇看華語電視台？借錄影帶回家看連飯也不想燒，一直追到故事大結局？這是否也是現在的你？

不遲，永遠不會遲，活到老，學到老，本人就是一個例子，英文與聲樂兩班我都是最年長的一個。有些年輕同學還開心的說會叫自己母親來選些興趣科目玩玩。我聽了很安慰，因為我在他們班上成為一位有影響力的母親學生！

朋友們：身居海外，母語永遠不可以拋棄，外語也不可以不學。下次當你見到我的時候，除了叫我甘秀霞，也可以加一句：「Hello Becky!」。（二〇〇三）

給中國作協主席鐵凝女士一封信

敬愛的鐵凝女士：

五月份讀到您的結婚消息後就替您高興！那個電子郵件是美國世界日報駐德州達拉斯的一位記者劉先生寄來的。那時候我正忙於小女兒的大學畢業典禮，不在家，回來一擱現在纔向您道賀。

也許您不記得我了，我是甘秀霞，北美作協達拉斯分會（北德州文友社）會長，今年四月六日與洛城作協、北加州作協一起到中國東北訪問。在北京期間得到你與中國作協幾位作家盛情招待，回來向會員報導把那次形容為有如國宴，還有圖片為證，雖然他們瞪大眼睛，但不能不信。

「婚」到適當時候是要結的。當我讀到新聞稿記載冰心女士曾對您說過「你不要找，你要等。」就有同感。一個女人的名氣大對那些追求者會有不小的影響。我結婚的時候也三十歲了，之前很多人都叫我不要挑得太厲害。幾十年過去，現回想起來，仍然萬分感激那些曾經關心過我終身大事的好朋友。母親為此曾帶我到香港九龍黃大仙求姻緣籤（人說黃大仙的籤非常靈驗）。我不迷信，但是，那時候每參加一場婚禮的時候，總是對自己說：「那條籤不是說過我是一塊埋在深山的玉石，要等一位真正識玉的人來發掘我嗎？祇有上天才曉得我還未等到另一半的真正原因！」

您的名氣對您的確是有些阻力的。不過，華先生把這些阻力都——排除了。恭喜你，終於等到了這位華生先生。華先生是一位識玉的人！

附上北京合照一張，我們保持聯繫。

敬祝

夏安

甘秀霞謹上

二〇〇七年六月十八日美國德州達拉斯

漫談女性寫作

二〇〇六年隨加州洛城作協訪問中國大陸東北地區的作家協會，得到中國作協主席鐵凝女士熱情招待，並買了一本她的短篇小說集，裏面提到二十世紀中國文壇，上承十九世紀，下啟二十一世紀，二十世紀的傑出華文文學作品必將會作為後人所記取的經典。二零零五年，北京燕山出版社得到中國社會科學院文學研究權威支持與幫助，開始了「世紀文學六十家」的策劃與評審，負責策劃與評審是著名學者文學批評家白燁，倪培耕，陳駿濤與賀紹俊等幾位。他們首先根據二十世紀華文作家在中國先導文學史的地位與影響，確定了一百位作家及他們的代表作，在新浪網上公開讓讀者與專家共同參與票選，最後依次得出六十位及他們的作品。這六十位作家依次是：魯迅、張愛玲、沈從文、老舍、茅盾、賈平凹、巴金、曹禺、錢鍾書、余華、汪曾棋、徐志摩、莫言、王安憶、金庸、周作人、朱自清、郁達夫、戴望舒、史鐵生、北島、孫犁、王蒙、艾青、余光中、白先勇、蕭紅、路遙、聞一多、林語堂、趙樹理、梁實秋、郭沫若、陳忠實、張恨水、蘇童、冰心、穆旦、丁玲、顧城、舒婷、張承志、王朔、劉震雲、韓少功、阿城、張潔、三毛、鐵凝、張煒、李劼人、宗璞、郭小川、柳青、施蟄存、張賢亮、劉恆、高曉聲、李銳與徐訏等。

在上述六十位作家當中，女性作家佔的比例是六分之一，僅有十位。她們是張愛玲、王安憶、蕭紅、冰心、丁玲、舒婷、張潔、三毛、鐵凝與宗璞等。

朝代興替，世紀遞嬗，近兩百年來，中國發生翻天覆地的變化，生在這段期間的人，幸也不幸。本人算是幸運的，戰後出生，又住在香港，因此躲過了幾場大災難，這要感謝在天上的父母親，讓本人在一個算是安定的環境下長大，求學，以及工作。

中國大陸境內的幾場劇烈變化，不僅影響內圍的政局社會與民生，同時也直接影響文學的創作、素質與作家的命運。今日種種並非往日種種，時局的因素，為文學作品內容定下的界線有不同的時間層次，而作者的命運也相應浮定莫測。不過，今天，大家仍然有機會讀到部分的他們和部分他們的著作，我們終歸是幸運的。古說文人相輕，本人卻不如此認為。讀著這些前輩的心血結晶，對他們肅然起敬還來不及，又何敢相輕？

中國女性從事文學創作，與中國男性相比一般稍有難度，這與我國傳統道德觀念、社會現象、以及個別知識層面有很大的關係。因此，從上述評審世紀六十家結果可以看出，到了二十世紀，中國從事文藝創作受到肯定的女性作家也不及男性作家多。

也許你聽過「海外女作家協會」這個組織，要加入這個會除了需要有成書的著作，還得有兩位該會會員通過才批准入會。聞說該會會員目前僅有一百多位分佈全球。回頭看我們德州達拉斯，儘管有幾個寫作社團如北德州文友社、文心社、春華筆會，但是，寫作女性仍然屈指可數。

到底是什麼原因限制了女性寫作？本人曾經就這個問題和美國德州達拉斯達福中美文化交流協會會員共同討論過，而他們給了許多有建設性的提議。當天座談會與會文友有：慕容婉寧，陳玉琳，苗以靜，陳卿珍，陳潔，簡慈萱，王國元，李中華，楊德進，楊愛民，楊文南，陳家聲，張光晨，張憲浩，莊燊南，莊心輝，吳江航，周台榮與唐家驊等十多位，綜合各人意見，得出以下原因：

壹、認識不夠

這是指不了解自己所處的社區。記得九年前本人的第一篇文章見報後，有朋友打電話問要付報社多少錢？啼笑皆非之餘，覺得這個問題的確問得太好了。這位朋友認為，刊登文章與刊登廣告是同一樣的性質，報社給作者篇幅登載作品，好作品引來讀者欣賞，若作品欠好，那就是虐待讀者的眼睛與思路。一些水準不夠的商業廣告，看了也要洗腦洗眼睛，當然要收費。他的這個說法，合不合邏輯？

貳、沒有稿費

一般投社區報社的文章是沒有稿費的，寫作純然是不甘寂寞而來的興趣。在北美，多數人投稿的火力集中在世界日報，文章一旦被取錄刊登，人人都似乎有身價突增的感覺。這也難怪，文章能賣錢的同時也證明自己的文章受到外界的肯定。

參、保持隱私

華人社區太小了，坦白自己的隱私，遇到熟人問三道四，還是不寫為妙。

肆、寫作技巧

有朋友說本人的文章像說話，像流水。是褒是貶，暫時不予以理會。有讀者認為文章難懂規格纔高，纔是好文章，口語化的文章是作者不夠程度。以上說法，不用爭辯，見仁見智。編輯大人都明白，不同作者的文章立意是要吸取不同的讀者，因此各種題材內容的文章都會採用。眼高手低，貴古賤今，大有人在。使不少蠢蠢欲動，想寫文章的朋友卻步。

伍、電腦操作

投中文稿子，十年前不必自己打字，這包括北美人天天看的世界日報，報社祇需要投稿人手抄本用郵寄或傳真。逐漸的，由於打字費時，報社遂鼓勵作者，來稿若中文打好用伊媚兒寄來，優先錄用。從那時候開始，大家都學習中文打字了。到現在，一個中文作家不懂中文打字，那似乎有點兒說不過去。

上面幾個限制女性寫作的原因，也適用於男性作家。事實上，限制我們發表文章最重要的一個原因仍然是和隱私有關。曾經讀到一位女性寫作朋友在報上專欄說，她的丈夫是讀到報上的文章纔知道自己太太對他的埋怨竟然是那樣的深。這不太危險了一點嗎？你說呢？

女性愛時髦，要穿迷你裙，多短才算是極限祇有她本人最清楚。文章也一樣，自己的隱私究竟可以露到那個限度，分寸需要自己好好地掌握。若能把自己隱私劃好界限，閣下的文思一定會和Niagara Fall尼阿加拉大瀑布的水那樣萬馬奔騰，直衝而下；又或者如水銀瀉地，一發不可收拾。

親愛的朋友們，您們心裏一定各有不同在翻騰的波濤，那麼，現在就拿起筆寫出來和我們分享吧。（二〇〇九）

走馬看西安

西安，這個歷史名城，從書本讀了許多關於它的事跡，嚮往已久。西安歷史名勝一般人想去看的不就是秦俑，華清池，華山？大學選修《杜詩》，讀了幾首杜甫膾炙人口的《曲江詠懷》詩，因此也特別想到曲江親歷一下。剛好去年二零零八年冬天回港省親，香港往西安的旅行團也包括曲江這個景點，因此在踏上西安之旅時感到特別愉快。

壹、秦始皇兵馬俑坑歷史博物館

世界遺產委員會的評價：「毫無疑問，如果不是一九七四年被發現，這座考古遺址上的成千件陶俑將依舊沉睡地下。秦始皇這第一位統一中國的皇帝，歿于公元前二一〇年，葬於陵墓的中心。在他陵墓的周圍環繞著那些著名的陶俑。結構複雜的秦皇陵是仿照其生前的都城咸陽的格局而設計的。那些略小於人形的陶俑形態各異，連同他們的戰馬，戰車和武器，成為現實之一的完美傑作，同時也保留了極高的歷史價值。」

現代收藏家馬未都先生說在民國初年也有人挖過秦俑一類的東西出來，祇是那時候的人考古知識淺陋，因此擱下沒再作進一步的研發，而使這個秦始皇坑兵馬俑延遲開發六十餘年。一直到一九七四年，九個陝西臨潼農民下井挖掘，掘出大量人體碎片後，這個區域就一直不太平了。考古學家一批一批的前來考證發掘，發掘又考證，如此經過了三十餘年。

眼前這個秦始皇兵馬俑坑是龐大的，奇妙不可思議，有些墓坑尚未開發。面對著那浩大的兵馬隊形，雖然覺得秦始皇並不怎麼聰明；但是，他為了顯示帝王的權勢，按照自己生前的享受設計地下的陪葬以供其靈魂享用，無意中把在秦代已經高度發達的人類文明留了給我們。

從秦始皇，想到唐明皇，更想到蔣公介石。歷史上的偉人都有他們不聰明的一面，致使後人有改朝換代的機會。

貳、華清池

西安的華清池經過秦、漢、隋的修建，唐玄宗的大興土木，原來是一個風光旖旎的地方，是帝王妃嬪遊玩宴樂的行宮；更是震驚中外「西安事變」的發生地，在中國現代革命史上有著非常重要的地位。可是，現在呈現眼前華清池的幾個湯浴池如貴妃池，蓮花池，海棠池都沒有水，幾個無水見底的浴池把我來前想像的美感一掃而空，和前年我到達西湖，看到人頭湧湧，各路導遊小旗滿天飛揚的那種無以名之的感覺相同。華清池畔，遊人攀上那個立在人工池塘裏的半裸美女——貴妃塑像拍照，爭先恐後，那景象最使人感到彆扭。

參、曲江

曲江以江水曲折為名，原為漢武帝所造，在唐代明皇大加整修，成為唐朝第一遊覽勝地。詩聖杜甫也曾經寫了幾首《曲江詠懷》詩，其寫景佳句如「江上小堂巢翡翠，宛邊高冢臥麒麟。」、「穿花蛺蝶深深見，點水蜻蜓款款飛。」等。

在這裏，可以看到中唐元稹與白居易雙雙騎馬遊行的雕塑。元稹與白居易世稱「元白」，是詩友也是遊伴。白居易在《答元八宗簡同遊曲江後明日見贈》曰：「唯我與夫子，信馬悠悠行。去到曲江頭，反照草樹明。」正說明兩人同遊戲曲江詩酒唱和的歷史佳話。小橋流水，清晨的霧氣彌漫，的確使人感覺到環境優雅清新。

肆、華山

西岳華山為道教名山，以險著稱，在西安。花崗岩組成的華山，草木稀少。華山有五個峰，分為東峰，南峰，西峰，北峰與中峰等。前人攀山，非常辛苦。北峰南天門外有一著名棧道，遊人至此，面壁貼腹而過，旁邊是著名的華山論劍台，著名武俠小說金庸先生曾登於此，導遊說當年金庸是被人擡上華山來的，原因不清楚，團友們聽了都哈哈大笑。且勿論金庸先生為了什麼原因需要人把他擡上華山，華山的險峻難登由此可見。

為了讓遊人能悠閒的欣賞到華山的俊秀，一九九六年才開始有登山吊車開通華山，登上北峰。現在我們要上各地的名山都不必擔心，因為上下山幾乎都有吊車代步。也因為這樣，名山也就失去它們的那種神祕感；而人們即使登臨絕頂，開襟迎風，縱目騁懷時也少了一點英雄氣概。（二〇〇九）

香江話舊

壹、香港的水

根據二〇〇九年三月美國普查機構顯示，全世界人口接近六十七億。

最近看新聞有專題報導，聯合國發表調查結果數字顯示，全世界有十一億人口沒有安全的食用水；二十六億人口用水缺乏衛生措施基本安全。該報導並舉印尼為例，近二十年來，由於印尼國內工業發展，廢物淤塞河道非常嚴重。當地居民還說了一個笑話，形容河面的船與垃圾場也分不出來，並且說人們撿垃圾比打魚更能賺錢。

香港萬宜水庫中的小島嶼

由聯合國對食用水的關注，使我想起香港。

香港開埠前是漁村。一八四二年清廷敗於英國，遂成為英國的殖民地，也因為如此，香港在各方面發展比中國大陸稍佔優勢，同時躲過幾場災難如國共戰爭與大陸的文化大革命等。一九九七年七月一日香港結束英國統治，主權交還中華人民共和國。香港是中國第一個特別行政區，一國兩制，由港人治港並保證五十年不變。

香港分香港島、九龍半島、新界內陸和兩百六十多個離島，二七五五．〇三平方公里，山多平原少。維多利亞海港是著名的天然港口。香港在英國統治時期，招聘印度、巴基斯坦、尼泊爾人民為警察及軍警，當然其中也有華人。父親告訴我他年輕時候一次和幾個朋友經過軍營曾被英國兵踢過屁股。對於仇恨需不需要報復，見仁見智；但吃過教訓之後則絕對要牢牢記住。因此，父親經常說，有兩種人每一個中國人都不能忘記，那就是英國人與日本人。

當人人都在注意大塊土地國家發生的事，如中國，如美國，又如蘇聯等等，小地方如香港，人們對它的恆生指數升降更感到有興趣。一次和朋友聊天，說到香港整年稻米收成僅供全香港幾天食用，她表示非常驚訝。這一聊，使我想起中學地理科老師來。是六十年代初的時候，老師說：「香港人口三百萬，全年稻米僅供港人三天食用。」當時本人有舉手問老師其餘三百六十二天的米從何來，答案是大部分從中國大陸運來。

不但香港的米和肉類蔬菜每天從中國大陸由火車運來，現在香港的食用水也是靠中國大陸珠江水供應。六十年代香港有過四天供水四小時的記錄，應付一家七口人的使用水，家裏走廊通道全擺滿水桶，水缸，甚至也用過塑膠袋盛水。在街上，經常看到認識的鄰里街坊，在排隊取水時發生爭吵，甚至打架。

記得香港灣仔國泰戲院曾播放一齣紀錄片《東江之水越山來》，就是講述如何引導珠江東江水到香港的水塘。東江是珠江的水系之一，珠江又稱粵江，為中國第三長河流。珠江原本指從廣州入海的那段，珠江下游沖積的平原就是著名的珠江三角洲，而香港與之為鄰。

人工造的湖泊，大的叫水庫，小的叫水塘。香港原來自已已經有了二十多個大大小小的水塘儲蓄雨水。六十年代初石壁水塘是全香港最大的一個儲水池塘，後來為了應付香港人口的暴增，又在海上建造了兩個更大的儲水池，那就是耗資甚巨的萬宜水庫和船灣淡水湖水庫，而萬宜水庫存水量是目前香港水塘中最多的一個。

自從有了幾個儲水量巨大的水庫，香港市民不僅僅使用落在香港水塘的雨水，同時也使用中國大陸珠江輸運過來的水。

貳、香港灣仔郵政局

香港灣仔郵政局是香港歷史最悠久的一棟郵政建築，位於香港灣仔皇后大道東（又稱大馬路）與灣仔峽道交界，面對著太原街。太原街貫串街尾莊士敦道（電車路）與街頭皇后大道東兩條交通要道，附近尚有多條橫街如利東街、春園街和交加街等。這是一個三多區域：人多、店鋪多，車子多。這區的市集戰前已經開始營業，日本攻佔時期為窮人提供價廉貨品。雖然香港政府曾經幾番計劃對該區改建，由於眾多居民反對，因此到現在仍然保持早期的街市特色。

五十年代本人就開始住在太原街頭，從家三樓騎樓往下看過對面馬路是灣仔郵政局，郵政局背後有一棵很高很大的樹，這棵樹到現在還叫不出來它的名字來。一年四季除了冬天，郵局的屋頂全被那

香港灣仔郵政局與大樹－二〇〇六年攝

棵大樹濃密的葉子遮蔭著。在那個年代，冷氣不像現在普遍，炎熱的夏天來臨，在郵局裏面排隊買郵票的人都讚揚這棵趴在郵政局屋頂的大樹的無言奉獻。

香港灣仔郵政局於一九一二年至一九一三年間興建，一九一五年三月一日正式開放為灣仔郵政局。記憶中，郵局裏面的設備格局非常簡單，工作的人員也不多，不見有女性職員，而且沒有制服。

七十年代末出國，八十年代初回去，那時候，父母親的家已經搬到灣仔洛克道。聽從母親囑咐，把留在家裏的幾本相簿郵寄回美國的家，於是有機會再次進入灣仔郵政局。寄信和包裹櫃檯仍然在進門靠右的位置，此時裏面的設備比以前更為簡陋，工作職員仍然全為男性。當他們問包裹裏面是什麼東西時，回答說為書本；接著他們又問包裹上面寫的是何人地址，當時不想讓他們知道那就是本人

香港灣仔莊士敦道與太原街尾熱鬧情景

的住址，遂謊說書本是寄給在美國的哥哥。結果，那幾本相簿寄出後石沉大海，一直沒有收到，心裏很懊惱，因為那些照片是小時候與家人生活的紀錄。妹妹知道後，趕緊寄來幾張童年時代的合照，戲說免得姐姐為那幾本失落的相簿想瘋云云。

二〇〇六年回香港，特地到灣仔郵政局準備懷舊一番，發現那一區早已面目全非，舊的灣仔郵政局已經成為香港法定古跡，並由環境保護署用作環境資源中心，稱為「環保軒」，展示關於環保的資料及圖片等，免費入場。雖然歲月流逝，半個世紀過去，原來建築物又翻新幾次，郵政局背後那棵大樹仍然展露著它的綠姿。趕快拿起相機拍幾張留作紀念。十年人事幾番新，下次再來，這一區又不知道將會是什麼面貌。

參、香港賽馬會與一代馬王「祿怡」

今年二〇〇九年二月中有九位清華大學學生到香港參加學術交流團並訪問過香港賽馬會，這是由香港中文大學聯合書院與清華合辦第十六屆學術交流計劃，該計劃是促進兩院文化交流，開拓視野與增進知識，相信是因為二〇〇八年北京奧運及殘奧會馬術在香港馬會興建場地成功舉行之故。

提到香港的賽馬，首次是在一八四六年，馬匹多從中國大陸北方運來，後來賽事才逐漸頻密起來，而馬匹多來自澳洲。一八八四年成立香港賽馬會。真正開始進行賽馬博彩是在一八九一年。一八四一年日本佔據香港，改為香港競馬會。一九五九年英女皇改為英皇御准香港賽馬會。其後，外圍投注合法，也可以作電話投注。一九七五年開始有六合彩投注。一九七八年馬場擴展至沙田，與跑馬地馬場一同使用。一九九六年在香港回歸前，英皇御准香港賽馬會又改名為香港賽馬會。二〇〇三年開始接受足球投注合法。

香港賽馬會現在是全球最大規模的賽馬機構，既是一個賭博又是一個慈善機構，非常有意思。二〇〇七至二〇〇八年給香港政府納稅一百三十一億港元，每年捐給香港慈善機構約十億港元，名氣並不亞於美國洛克菲勒基金會。一九五八年香港賽馬會捐給香港政府第一間小學，地點在香港灣仔，名字叫香港賽馬會官立小學，由於該校設

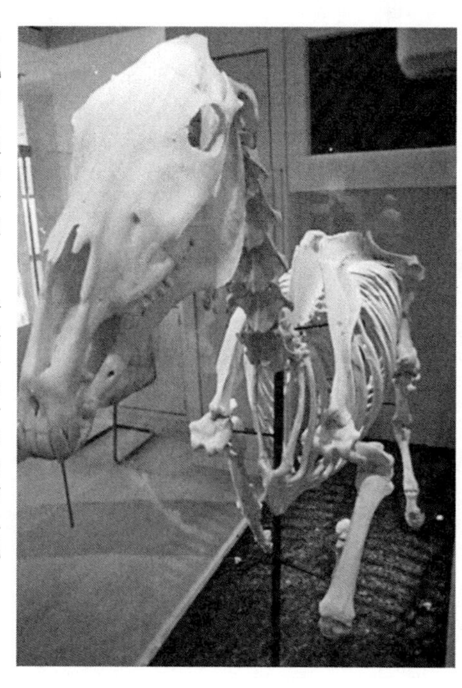

一代馬王祿怡骨架——香港賽馬會博物館收藏

備一流，當時成為許多小學生競爭的政府學校之一。本人幸運，插班五年級考上，六年級畢業，成為該校第二屆畢業生。

香港賽馬會的會章宗旨也甚有意思，下面列出幾點供大家參考：

（一）馬會提倡有節制賭博。

（二）未滿十八歲不能買六合彩，不能進入投注地方。

（三）切勿沉迷賭博，如出現問題賭博行為可致電求助。

（四）向非法莊家下注屬違法，最高罰款三萬元，監禁九個月。

（五）香港賽馬會是非牟利機構，所得盈餘撥捐本港慈善公益。

（六）如要投注，請選擇香港賽馬會。

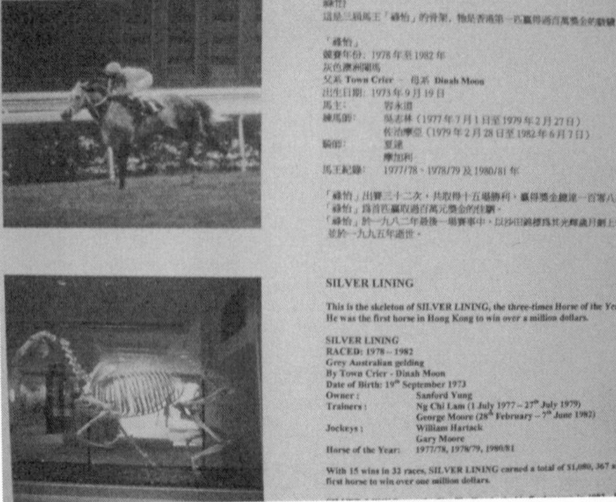

馬王祿怡資料展出——香港賽馬會博物館收藏

足球與賽馬是香港人最喜歡的體育運動，因為這兩種體育運動都可以賭博，而且合法。父親生前對上述兩種運動都有興趣，小時候本人經常跟父親看足球比賽，但賽馬父親就不帶筆者去了，這是甘氏家族男人們在馬季的主要娛樂，他們在馬會常年有包廂。

賽馬會會場外圈是馬的跑道，內圈是一大片草地，平時人們不能隨便進去，祇有在馬季賽馬的時候開放，讓人們進去免費觀賽。那時候賽馬都在星期六下午，所有學校都已經下課，母親帶我們到那裏去。一走進去你就會被那景象吸引住了：人們把那裏當作是郊外，有在踢球，打羽毛球，更有人在那裏野餐，熱鬧非凡。人們進去就要留在那裏，待每場賽事完畢後才可以進出。

在內圈草地觀賽馬視野一樣開闊，整個賽馬圈一覽無遺，連那塊有名的大石鼓也看得一清二楚。（大石鼓是一塊圓圓的大石頭，就在馬跑道的旁邊。那時候，賽馬會規定每場賽事，所有騎師過了大石鼓才能用馬鞭鞭打馬身，否則算犯規。）那時候，我們偶爾向著觀眾台那裏瞪大眼睛看時，母親就會說：「別看了，人那麼多，哪能看到他？」父親退休後對於賭馬仍然樂此不疲，我們兄弟姐妹希望有一天他中了六合彩，大家都有好處。果然，在一年的夏天給他圓了這個夢。離奇吧？雖然獎金不多，可也夠大家樂的了！

在七十年代，經常聽到父親提到馬王祿怡。祿怡是澳洲馬匹，灰毛，英文名字叫Silver Lining，生於一九七三年，一九八二年退役，一九九五年去世，一生跑過十五次頭馬，非常英勇，骨架製成標本，放在香港博物館，供香港愛馬市民參觀。看著電腦呈現出來的畫面，是十幾匹不同顏色的馬，背上坐著十幾位體形瘦小的騎師已經開跑了，馬兒在慢鏡頭處理下，像飄然的神仙——神馬。「神馬」是本人想到的一個形容詞，唯有神像的東西才會飄飄然，輕輕的，走起來不帶重量，不是嗎？遙遙領先的就是那匹灰白色的馬「祿怡」。

過去，每年在馬季時候，幾乎每個星期六下午父親都消磨在馬場。二〇〇八年春父親去世，至今一年多了，雖然本人不在香港，但可以想象每當馬季來臨的時候，祿怡不但會在沙田馬場縱橫奔馳，那裏也一定有父親的蹤影。（二〇〇九）

香港東坪洲

在香港住了快三十年，離開香港又有三十年，我沒有到過香港的離島坪洲。最近回香港，有機會與妹妹參加東坪洲一日遊旅行團，感覺非常好，想和你分享。

東坪洲位於香港東北水域的大鵬灣內，島形如新月，全島面積一・一平方公里。東坪洲最大的特色是由沉積岩組成，岩層一層一層的平疊著，地勢平坦，故得「東坪洲」之名。

東坪洲最美是它的石頭，是香港奇觀之一。這裏擁有全香港最大的珊瑚群，過百種蝴蝶品種，多種季候鳥，足夠您在這原始生態，大自然的環境下消磨一整天。若要步行環島，大約六個小時左右。

香港東坪洲沖積的頁岩

島上居民以客家居多，早期以物易物，與內地人換取生活必需品，最盛時期有居民兩千多人。近期因來往交通需時，年輕一代多已搬走。目前駐守該島警察不到十位，而原來島上居民在周末或假期才回來居住或經營小買賣生意。

香港有關方面規定，未經許可，捕魚，釣魚，收集或擁有動植物，甚至已死的野生海洋生物，以及超過十海里速度駕駛船艇，破壞沿岸任何海灘，懸崖及海牀者均可被定罪。我在島上一處沙灘看到這樣的一個告示牌「祇可用一條魚絲及一個魚鉤釣魚」由此知道香港政府保護香港大自然原始生態用心良苦。

年輕時候往香港南丫島，大嶼山，長州等等離島遊玩，最愛就是那裏的石頭，貝殼，珊瑚石，每次都帶著滿滿一個膠袋回家，洗好，風乾，放在自己的百寶箱，閒時拿出來把玩。那天遊東坪洲，在導遊小姐一再叮嚀下，一切景物在回程中都靠數碼機和大腦留給我的記憶！（二〇〇八）

香港東坪洲上有趣的告示牌

過盡千帆皆不是

記得香港地貌岩石保育協會聯同漁農自然護理署和七間專業團體，曾經舉辦名為「珍惜岩石自然美——香港最美岩石選舉」活動，接受全港市民投票，在三十個候選岩石中，望夫石獲選為第一位，獅子山屈居第二，而位於黃竹角咀的鬼手則排第三位。

香港有好幾座名山，如香港島的太平山，九龍的獅子山，許多人都聽過。可是那次香港最美岩石選舉第一名卻是「望夫石」。

您聽見過香港有個「望夫石」沒有？

在香港唸書的時候，有十幾個「死黨」（好朋友）經常約同爬山遠足。要到香港島的太平山不需要真的爬，因為有巴士和登山纜車代步，非常舒服。攀登九龍獅子山就完全不一樣了，得從山下走到山上，而且整個過程真的是要手腳並用。年輕時候爬了許多遍獅子山，覺得最難爬是獅子頭部分，獅子頭山石光滑，十分陡峭，膽子小的同學都要繞道而行，怕怕。若要摸獅子真石身，尤其是想要摸石獅子的頭部，需要比膽子小的人多付出一點勇氣。

望夫石，人們又叫它做望夫山，因為攀爬起來覺得這個石頭的位置也很高。每次登頂之後，沿山路下去就到沙田的紅梅谷，那裏有一條小溪，冰涼清晰可照人，是我們當年的天然冰箱，帶來的水果和燒烤的肉往水裏堆，肚子餓了再回頭處理它們。

外形看來像一個婦人背著一個小孩矗立在山崗達百年之久的望夫石是由幾塊石頭疊成，坐落在香港九龍沙田區域，算來也屬於獅子山系的一座小山。香港岩石專家表示，這個望夫石背後有一段淒美的故事。傳說婦人的丈夫出海捕魚音訊全無，於是背著孩子每天到山上等候丈夫回來，風雨不改。一天，婦人如常背著小孩到山上等候丈夫，忽然風雨大作，雷電交加。第二天，婦人與孩子竟然變了大石頭。這就是後來著名的望夫石。

「過盡千帆皆不是」是唐朝溫庭筠《夢江南》的一句，下句是「斜暉脈脈水悠悠」。意思說成千上百的帆船都過去了，祇有那落日斜陽無言地照著那悠悠流去的江水。詩句描寫癡情女子期盼情人歸來的失望與痛苦，而情人始終不見。想象背著孩子的婦人天天到山上眺望海港，一艘又一艘的漁船開進來，卻不見載她丈夫出海的那艘，心裏多焦急！

由香港的望夫石再想到遠在日本的一位女子——蝴蝶夫人。

《蝴蝶夫人（Madama Butterfly）》，是意大利人普契尼（Giacomo Puccini）寫的歌劇，內容是說一個駐守日本的美國軍官平克頓與日本藝妓蝴蝶相戀而結合，後因移防離開日本，平克頓向蝴蝶保證會回來。平克頓去後不久，蝴蝶為他生了一個男孩。三年後，平克頓回來了，他並沒有遵守對蝴蝶愛的諾言，卻帶來了一位合法妻子，並想領取兒子回美國。故事以蝴蝶自殺作終結。

歌劇《蝴蝶夫人》裏有一首蝴蝶唱的曲子非常有名，喜歡歌劇的人都會哼幾句，大意是：「在晴朗的一天，遙遠的海平面升起一縷黑煙，有一軍艦駛入海港，禮炮鳴響。他回來了。可是我不會下山去接船，我在山頂等待。這漫長的等待並不使我厭煩。從擁擠的人群中，一個男子跑過來，小黑點由遠而近。會是誰呢？他會說些什麼話呢？他從遠處喊著我的名字「蝴蝶」，我不願回答，我想要躲藏起來捉弄他。為了相見，我不會死去。他會再呼喚「我親愛的蝴蝶」，聲音仍然和以前一樣美好。這一切仍然為現實。我有無比的信心盼望他回來。」

然而，這位蝴蝶夫人就憑著她那獨有的信心白等了三年，終於來一個非常不聰明的抉擇——自殺而成全了別人的計劃和意願。

「過盡千帆皆不是」，直教人心萎鼻酸。

（二〇〇九）

香港望夫石

歌聲服務社區

——談神州合唱團

一次，報上看到有人打著「以歌聲服務社區」牌來開演唱會，起初以為是免費進場的，後來才知道是要買票。本來，買票聽歌是應當的，但是這個「以歌聲服務社區」的幌子就有商榷的必要。

「為社區服務」這個口號是多麼的震撼人心，放眼我所居小小德州達拉斯的華人社區，一年四季都有著各式各樣的人們舉起「服務社區」的旗幟作不同種類的事工，使人眼花繚亂，真假難辨。為此，不禁有幾個疑問：當你對人說這個活動是「為社區服務」，那是否就表示參與舉辦這個活動的每一個人與團體都應該完全義務？任何為社區服務的活動是否均應作如此論？為社區服務應否徵收服務費？而這個服務費應否撈進自己的口袋裏？

多年前我為了喜歡唱歌而參加神州合唱團，遂有機會見證此地的合唱團百花齊放，百鳥爭鳴的演變經過。但見合唱團從會費歌紙兩免，到每年繳百元不等的團費；從團員提供家裏客廳作為排練場地，到長期借用教堂學校或市立圖書館的設施與器材。今天的合唱團已經從昔日簡單的興趣小組演變到甚具規模，非常的不簡單。

美國德州達拉斯神州合唱團

一九九五年創建，一批熱愛唱歌的華人相聚在一起，組成了百人合唱團，在美南地區首次唱響了由冼星海先生作曲的——黃河大合唱選段。一九九六年九月，百人合唱團再次相聚，以一部由孫承驊先生編配的大聯唱——我的中國心——唱出了旅美華人的遊子之情。二〇〇一年起，神州合唱團正式開始舉辦年度音樂會，丁靄悅女士擔任指揮，陸續演唱梁山伯與祝英台、長江組歌、三湘四季、抗戰勝利六十周年紀念音樂會、我的祖國等等大型組曲和專題音樂會，而二〇〇六年的指揮則由郭愛蓮女士擔任，演唱會加插聖樂，從而神州合唱團演唱的風格開始有所轉變，使觀眾耳目一新。

二〇〇七年夏季，為促進中美及兩岸三地文化交流，以歌會友，與達拉斯大地合唱團聯合舉辦了第三屆海峽兩岸華人之聲演唱會。二〇〇八年十一月，在中國全國政協港澳台僑委員會和中華全國青年聯合會國際交流中心的聯合邀請下，神州合唱團終於有機會圓了他們在祖國土地演出的夢。該次演出地點包括上海與北京，受到舉辦單位的高層次國賓禮儀的接待，在上海及北京和中國歌劇舞劇院管弦樂團及中國多位知名音樂家一起舉辦了兩場中美華人合唱音樂會，被中國中央電視台（ＣＣＴＶ）全球轉播，載譽而歸，成了每一位神州人夢幻成真美麗的回憶。

神州合唱團自劉哲苑女士接任指揮席位，漸漸創出嶄新的風格，他們的演出嘗試著不同的演繹，從一直祇唱中文版本的歌曲，增加了英文、意大利文與拉丁文曲子；從國內的雄壯力拔山河氣蓋世的進行曲，更增多一些溫馨怡然的聖樂與世界名曲以及電影插曲，這在在顯示著神州人的胸懷開闊，目極四野。

劉哲苑女士現任教於Fort Worth Southwest Christian School，擔任高中合唱團指揮。同時，她也是神州合唱團及大地合唱團的音樂總監，兼任雅靈頓華人教會詩班指揮。哲苑女士五歲開始學習鋼琴，自幼展露才華，在臺灣光仁小學音樂班畢業以後，隨父母移居美國。哲苑女士在著名的紐約伊士曼音樂學院隨名師Donald Neuen教授，專攻合唱指揮及音樂教育，主修鋼琴，取得學士及雙碩士學位。

經過去年二〇〇八神州合唱團年度音樂會首創且歌且舞節目，使人們認識到，原來神州人不但會唱，更會跳。在《Singing in the rain》中，雖然八位舞者的年歲相加起來也有四百多，但是他們跳起來的那種魅力，實在使現場觀眾絕倒，那種受歡迎的火辣氣氛，可謂空前。今年，再接再厲，他們排了歌舞《月亮代表我的心》，歌者與舞者在舞臺上互動，和去年相比又有所不同；而女生小組演唱《馬兒啊，你慢些走。》除了鋼琴，更配以笛子，吉他與手風琴等伴奏，豐富了舞臺上的演出，效果生色不少。以上種種多樣的變化，顯然又使神州人的演出更上一層樓，讓觀眾極視聽之娛。

一個成功的音樂會，前臺演員固然重要，幕後英雄也不容忽視。神州合唱團團員既是演員，又是工作人員，幾乎人人身兼數職。一個成功的音樂會，當然更也少不了出色的鋼琴伴奏，過去由諸信恩先生與陳祖玲女士。擔任二〇〇九年音樂會，神州有金世元女士，于清先生與吳李真先生等三位伴奏，每次排練，從未缺席，他們與哲苑指揮一樣，都是準備十足而來，非常敬業。

美國德州達拉斯的合唱團有十多個，他們是真正的為社區服務，每年舉辦音樂會免費入場，神州合唱團如是、大地合唱團如是、華聲合唱團如是、……（不盡錄）。

這些團員來自五湖四海，都是因為喜歡唱歌而相聚多年，猶如一個大家庭。上述幾個達拉斯的合唱團除了各自舉辦年度音樂會，也會聯合舉辦音樂會，互相交流，切磋研磨，這在別的地方是不常見到的。（二〇〇九）

輯七

韻文篇

一件襯衫的故事

「十八歲了，
女孩子該學會縫製衣服」母親說。
女裝學會自我變通
竟然會做男裝了！
少女的心不停在顫抖。

手裏的一件襯衫隨風飄逸——
他，笑了，是那麼的燦爛——
黑色鏡框裏的眼神，
堅定不移。

像熾烈的火在燃燒——

「天公下雨啊。」
臉龐紅紅的少女，
低頭默默祈禱。

相思

高高的山巒，
有條彎彎曲曲的溪流，
經過我小小的莊園，
帶來了你給我的思念。

水面飄浮的落紅，
讓微風沾在我的紙窗上；
雖然默默無語，
但我讀懂千里傳來的心事。

花影移動，
無香卻使我意濃。

小鴿子飛越過那萬里晴空，
請問你可有給我帶來書信？
光禿禿枝頭披上銀樣的白雪，
迎風松葉沙沙作響鬧紛紛，
尋覓，蹤跡，暗香，引路……

黃土戀

雪花點點輕輕的飄
黃土地在隱藏著
我的靈魂就像雪花一樣
是如此的接近大地
若親愛的黃土給我溫暖
我心要活在雪花裏

雪花點點輕輕的飄
黃土地在隱藏著
若親愛的黃土給我溫暖
我心要活在雪花裏

皚皚白雪覆蓋著黃土
依依眷戀在愛的懷裏
我的心平靜如雪花
轉瞬流走

蒼勁松柏屹立在路旁
憂傷小花著冬天剛毅
我的心平靜如雪花
轉瞬流走

天上的虹

雖然我倆擦肩而過
心無雲影
你的離去使我感傷
因為你的年輕

年輕是活力的寄託
寄託著兒女的期待
奈何造物弄人
永離稚子的情懷

想知道往天國的路旁
也有花開花落嗎？

你有在滴淚？你是不捨？
為了花也為了愛？

戀曲

紅梅白櫻相逢在山林裏
一心無染兩情相悅
相悅是一道彩虹
連接兩地心事
白櫻純潔
紅梅詩意

你那關懷的眼神和情意
就因我來自南方海上
你說相悅是一道彩虹
連接兩地心事
和人間的相思情意

走進我們心中的彩虹
共同挽一個美麗的夢
你的夢中有我
我的夢中有你
萍蹤無定
根浮四海

笛聲吹散朵朵白雲
吹不散我倆編織的夢境
你的夢中有我
我的夢中有你
一道彩虹連接兩地心事

惜春

那小河的流水
流過你的門前
門前有一棵樹
樹上果子累累

蛺蝶穿花深深現
款款蜻蜓點水飛
誰說花兒不見了
明年春天又再來

那小河的流水
流過你的門前

你要盡情掬一掬，
流水不再回頭

年年花開不同朵
秋去冬來，盡是凋零片片
春花花開不同朵
秋去冬來，盡是凋零片片

花月良宵

昨夜金風片片
吹開滿院子的桂花
纖影弄姿
在翠減的草頭上
漫溢氣香
定必早已在廣寒宮內
留住嫦娥
不再飛翔

今夕銀月團團
照亮一亭子的清幽
更溫暖遊子們的心

舉觴共醉
唱吟千里嬋娟
願金甌無缺
普天下眾生
歡度花月良宵

夢渡

輕飄飄我夢魂越過那山坡上
鶯歌美好，聲聲歡欣又悠揚
花間柳枝掩映波心蕩漾行行
猶豫復猶豫，請問船家何往
孤舟寄居，獨對月冷清波帳
邀請對歌對飲，歡樂像鳥翱翔
影花曼舞願與暮鴉作伴斜陽
那蟲叫、花眠、水鳴，櫓搖
躊躇復躊躇，不敢回望家鄉

夢渡

——調寄廣東音樂《礁石鳴琴》

輕飄飄我夢魂越過那山坡上
鶯歌美好聲聲歡欣悠揚
花間柳枝掩映水裏，只見波心蕩漾行行
請問船家何往？
孤舟寄居遠水，獨酌對月冷清波帳
邀請對歌對飲，盡情歡樂像鳥翱翔
影花曼舞願作伴斜陽
那蟲叫、花眠、水鳴，櫓搖
使我不敢回望家鄉

一個母親的心聲

你就是我帶到世界上的第一個生命，
胖胖紅紅的臉頰，晶瑩水透的眼眸。
雪白的小手緊緊抓住奶瓶，
靈巧的小嘴用力地吸啜著。
我知道你要快快長大，
和我作伴，嘻嘻笑笑掃去冷清。

我倆度過了多少黑夜與白天：
你生病了，你哭了；
您得意了，你笑了，
這都牽動我的思緒，
好不容易把你帶大成年。

雖然，
時光不特別為我們而佇停，
飛逝直向那不知名的角落。
轉瞬間，
你的不快，有他分擔；
你的歡愉，和他分享。
但是，
昔日我倆親親密密的歡樂，
仍然留下美麗的回憶許多，
就像那七彩雲布匆匆一抹。

孩子啊，若說人生是一個戲臺，
那麼，現在就該是你撲粉登場。
母親現在退到臺下，靜靜欣賞，
你該盡情揮灑，展示你的光芒。

西風與紅葉

幾片紅葉隨著陣陣西風恣意的在我家後院翻飛飄揚，沙沙作響，好像在比比誰強。
紅葉啊，你的到來，使我想起古人的紅葉題詩，現在聽來好像不合時宜，匪夷所思。
儘管眼睛不斷在葉面遊移，我就是找不到古人說的詩詞。

難道你來有特別用意？
難道你不知道唐代遠離我們，渺不可及，盧渥與宮女韻事已經成為歷史？
難道你不知道即使溪水清澈，題字紅葉，也會因過於沉重而墜落在水底？

那麼——

西風啊，紅葉啊，究竟你們是聽何人的差使，來到我家嬉戲？

【註】

唐盧櫨《雲溪友議》卷十記載：中書舍人盧渥，應舉之歲，偶臨御溝，見一紅葉，命僕搴來，葉上有一絕句，置於巾箱。後宣宗放出宮人擇配，渥得其一。宮人見渥箱中紅葉，正是自己所題，吁嘆良久。詩曰：「流水何太急，深宮盡日閑，殷勤謝紅葉，好去到人間。」

唐孟啟《本事詩——情感》記玄宗時顧況於苑中流水得一葉，上題詩云：「一人深宮裏，年年不見春，聊題一片葉，寄予有情人。況亦於葉上和之。」

自白

——送給我的另一半

在無數個逝去的異鄉日子裏，
我有如一隻飛行在黑夜的小鳥，
拍動翅膀，東張西望，
渴望找到棲身的地方。
每逢看到那潮起潮落，那月圓月缺，
還有那花開花謝；
種種起伏，都是塵世的一種無奈。

就在我感到疲倦時候，
你像一棵峭拔梧桐樹，
巍巍的出現在我眼前，

適時地讓我有了依靠，
不再在黑夜去去來來。

而那原來的潮落、月缺與花謝，
在霎那間讓我驚覺，
它們變得竟然是那麼的美妙，
那麼的可愛——

那潮，如淅瀝的雨點，變成我的催眠曲；
那月，像冬日的太陽，溫暖了我的身軀；
那年年春風，不僅僅吹醒了大地，
更把那花香飄送到我的心裏來。
就這樣，我，接納了你的愛。

現在，如果真要我做一隻小鳥，我願意。
因為我知道自己不用再在黑夜

漫無目的，到處飛翔，
我可以永遠與梧桐相望相傍，
一直到地老天荒。

故鄉的小河

故鄉家門前有一條小河，
小河對岸有五棵大樹，
四季常綠，樹葉婆娑。

每天，頭髮斑白的外婆，
站在家門前等我下課，
上小船，蕩輕槳過對岸。
在那濃蔭覆蓋的樹下，
聆聽傳來鳥兒的驚喧；
編織五顏六色的花冠；
數河面的紅掌泛輕波；
數河面的船兒經過；

數河面的海鷗起飛、
爭相停在那翠綠的小山坡。

我每天穿著外婆做的大紅長裙子，
在樹下來去穿梭。
而外婆總是微微笑著，
搖搖頭表示無可奈何；
並叮囑我要當心那草莽，
會把我大紅長裙子拉破。
我聽了，走到更深遠處，
彎著腰偷看外婆，樂得笑呵呵。
就這樣，我兒時日子
天天和外婆一起快快樂樂的過。
天天和外婆過小河，樂趣多。

自從有一天，

我發現大紅裙子顏色淡了，不再在地上拖；
而外婆頭髮有如冬天白雪，背也更圓更駝。
往後每次上了船，都是我搖槳渡過那小河。

如此，春去夏來，秋去冬過。

一天下課到達家門不見外婆在等我，
真不相信外婆就這樣永遠離開了我。
我奔到小河邊，不見外婆；
河面見不到白鵝、也沒有船兒經過；
舉目眺望，在黑壓壓的雲層下，
沒有一隻海鷗停留在那褐黃的小山坡。

忽然，天下起大雨來了，
豆大雨點開始在我的臉頰上縱橫。
外婆是真走了！外婆是真的走了！

豆大雨點仍然在我的臉頰上滂沱。
天雨滴滴，是為了我？還是為了外婆？
從此，我再也沒有勇氣渡過故鄉那條小河。

【註】滴滴——形容水滴連續下注的聲音。
令狐楚《賦山》詩：「古岩泉滴滴，幽谷鳥關關。」

一個沒有鑰匙的女人

一個沒有鑰匙的女人，
從不走出這座屋子。
每天守在窗前，
從日出到日落。
聽到他車子的聲音，
心弦便開始顫動。
等待開門一霎那
吸一口他從門外帶進來的氣息。

一個沒有鑰匙的女人，
從不走出這座屋子。
雖然他說已經給她一切，

有誰能確定這一切將為永恒？
也許有一天她踏出門外，
那曾經擁有過的，
全都被鎖在她的背後。

電影「蘇絲黃的世界」

二十世紀六十年代——
在遙遠東方的一顆璀璨明珠，
燈火輝煌的那一個小城，
半明半暗的小巷子裏；
一群穿著高領綳緊的旗袍，
塗上厚厚濃艷的胭脂，
唇角斜吊著一根點燃著的美國雲斯頓香煙的女子；
她們，就是電影裏面的蘇絲黃；
她們，因為電影而揚名海內外；
她們，也因為電影而被人們唾罵；
最後，她們全部銷聲匿跡。

【註】

《蘇絲黃的世界》原著由是英國作家李察梅臣（Richard Mason）的一本英文愛情小說。此名著在一九五七年出版之後曾經多次化成舞台劇，芭蕾舞及經典的好萊塢電影——《蘇絲黃的世界》（世界蘇絲黃的）等等。

荷李活電影《蘇絲黃的世界》，是派拉蒙製作，男主角有威廉荷頓，女主角是關南施。電影取景自一九六〇年代的香港天星小輪，天星碼頭，中環，灣仔六國飯店，香港仔避風塘等地。

花落

飄零的女人如花，
花如夢，夢如人生，
人生如流水，
流水載落花，
落花逐浪嘆飄零。

輯八

讀書報告

《一段歷史——合肥四姊妹》

壹、引言

原著為英文《合肥四姊妹》著作者是金安平女士，一九五〇年生於臺灣，一九六二年隨家人移民美國，後於哥倫比亞大學取得東亞研究所博士學位，現任教耶魯大學歷史系。譯者為鄭至慧。

貳、作者寫此書動機

一九六〇年作者金安平女士的丈夫史景遷在美國耶魯大學讀書時候，四姊妹裏老四張充和女士與丈夫傅漢思先生都是史景遷先生的老師。說來起碼五年前的事，一天，張充和女士來金安平女士家裏做客，當時金安平女士的母親也在座，大家吃魚吃蝦。由於張充和女士的叔祖母信佛，經常叫僕人去市場買活魚活蝦放生，這使她打開話題，說起小時候的事情。其後經過幾次接觸，由於張充和女士學習方式靈活嚴謹，才思敏捷，金安平女士除了想了解張充和女士求學經過，還想知道她的家庭背景。而也因為張充和女士與自己一樣有三個姐妹，因此就寫了這本《合肥四姊妹》。

參、內容編排

全書十三章分別敘說四姊妹的父母婚禮、生育、擇木而棲、合肥精神、祖母、母親、父親、興學、保姆列傳、元和、允和、兆和與充和等。書裏有順說、倒說的寫作技巧反復使用，讀來比較費神。現不準備分章敘說，而是綜合前九章把張家作一簡介，四姊妹則各自成章，敘說如下。

一、張家簡介

張家祖宗在明朝時從江西遷入合肥，到張蔭穀生九子，長子張樹聲與幾位弟弟助清廷平太平軍有功，受李鴻章賞識而當大官。張樹聲積聚不少錢財，大事修建書院及貢院。當時合肥菁英多關心地方事務，照顧家鄉利益，頭腦靈活，勇於開創，著重行動，作者稱之為「合肥精神」。

張樹聲有三子：張華奎，張華軫和張華斗。張華奎無子嗣，過繼堂弟兒子，就是四姊妹的父親張武齡（武齡後來改名冀牖，冀牖又寫作吉友。作者在此書用張武齡一名，本人沿用。）。華奎一八八四年中舉人，五年後中進士，辦事有智謀，並長於交涉。在四川任官期間政績卓著，一八九八年過世。張華軫沒中過第，好藏佛典小說詩詞，常與妻子識修（領養充和之叔祖母，父親是李鴻章之弟李蘊章）研讀。識修博雅篤學，思想開通，教充和讀書認字，是充和的啟蒙老師；延聘考古學家朱謨欽教導充和達五年之久；對充和嚴格要求學習應對進退之道。大半生守寡的識修對那些孤苦女人小孩都細心照顧。家裏有兩個廚房，一煮素，一煮葷。廚子也吃素。出門必帶廚子及私人廚具。

一九〇六年四姊妹的父親張武齡與母親陸英成婚的時候兩家財勢相當。陸英母親為女兒裝置出閣事宜花十年時間，嫁妝行列長達十條街，轟動非常。陸英母親在女兒出嫁不久因過勞去世。陸英比張武齡年長四歲，聞新娘比新郎年歲大是合肥風俗。陸英二十一歲進張家，賢良能幹，進退合宜，通情達理，是全家支柱，是大家榜樣。她衣著素淨，器識不凡，對孩子教導認真，尊敬婆婆。陸英婚後第二年一九〇七年生下長女元和，奶媽姓陳。隔兩年生下老二允和，奶媽姓竇。再一年後生兆和，奶媽姓朱。第四胎是兒子不幸夭折。

一九一二年，張武齡搬家上海，原因是當時滿清屢敗，還外債與賠款；而安徽那時的人過著自生自滅的日子。事實上那時候的安徽人也有自組革命團體，如一九〇三年陳獨秀就是愛國會發始人，提倡人人團結扭轉國力。可是，後來滿清覆亡，軍閥操縱安徽政局，亂上加亂，安徽處境更加蕭條黯淡。除上面所說局勢變動因素，還有是大家族太安逸，張武齡擔心家人染上惡習。

也許你會問：為什麼張武齡選擇上海？是的，雖然當時的上海是一個腐蝕人心的城市，但也洋溢著活力。上海的吸引力在於機會多，資源豐富。讀書人和革命宣傳家領悟到可藉新聞報刊來傳播知識，提高人民的政治覺悟，於是紛紛前往上海辦報刊雜誌。當然，張武齡大舉遷家，擇木而棲除了因為有錢外，主要也是受家風影響，眼界寬廣，憂心世事和勇於求變，這就是上面所說的「合肥精神」。

張武齡帶著全家大概有三四十人，包括他妻子，三個幼女，他的庶妹，五位孀居老人家，幾個堂兄弟，三個女兒奶媽，一大批僕人和一箱箱財物搬到上海，在法租界租一棟兩層樓房。一九一三年生下充和，陸英由於第四胎是兒子卻夭折，沒心緒照顧剛生下來的充和，充和八個月大就被叔祖母識修領養帶回合肥老家。叔祖母識修本來有女兒外孫女，但都過世。

張武齡重聽，害羞和近視，主要活動是看書，在上海市訂二十種大小報刊。他關心國事，也思考祖父張樹聲靠戰功得來的那許多財產該如何運用。雖然養父華奎中過舉人進士，但武齡出生過繼給華奎八年後華奎便逝世，受養父的影響並不大。他不想入軍界，也不想當官。張武齡不喜歡家裏上下賭錢喝酒，結果他母親後來也因此戒掉鴉片。張武齡的理想是辦一所女子學校，結果一九二一年在蘇州辦了樂益女子中學，可惜學校成立一個月，妻子陸英去世，其遺體運回安徽。樂益女中開始時學生祇有二十三人，都是十幾歲的女孩子。張武齡還請了崑曲家尤彩雲先生教女兒們學習崑曲，並在家東邊房子造了一座小戲臺給孩子們唱演崑曲之用。張武齡從不干預老師的教法。隨著演出經驗多，幾個女兒不怕在大庭廣眾發聲唱戲。其實，陸英也是個戲迷，在上海時候，幾個保姆就帶孩子隨陸英一道看戲。其後搬回蘇州，孩子們也跟著張武齡到會館聽崑曲。孩子長大後，出外升學，張武齡經常與他們討論時事及讀書感想。

武齡在陸英去世後娶繼室韋均一，夫妻感情尚佳。可是韋均一與張武齡的孩子相處並不好。樂益女中在一九三七年關閉，抗戰期間成為日本醫院和監獄。一九三八年張武齡在家鄉合肥去世。

二三十年代的蘇州沒有人不知道張家四姊妹是蘇州四朵奇葩：大姐元和、二姐允和、三姐兆和與四姐充和。

二、四姊妹

1

元和，一九〇七年出生，四姊妹中除了充和出生八個月後跟了叔祖母到合肥，其他三人都一起成長，彼此對事物的看法也差不多。充和雖然不與姐姐們住一起，元和很照顧她，自失去母親，元和覺得自己責任重大。例如一九三五、三六年間，充和患肺結核，元和到北平接充和回蘇州養病。

元和小時候很得到親祖母的寵愛。元和的奶媽姓萬，奶媽死後換了一位姓陳的保姆。在樂益女中讀書時，有一位單身老師叫凌海霞非常關心她。凌海霞家世也不錯，家裏還為她在上海開辦了海霞中學讓她做校長。元和上大學後，凌海霞又轉到元和唸的大夏大學任職。元和大學畢業後到海霞中學工作，元和在那學校教了四年，到四妹充和生病纔有機會離開。據說那四年元和在海霞中學任職並不愉快，但是沒有人知道原因，元和始終沒有加以解釋。

一九二七年至三十年元和在大夏大學讀書時經常看顧傳玠登臺演出。元和曾經與同學寫信要求顧傳玠演《牡丹亭》折子戲「拾畫」，顧真如她們所願演了，瀟灑英俊的顧傳玠使元和着迷。

顧傳玠在家排行最小，有二兄一姊。父為塾師，因生活清貧，送傳玠及其兄入崑劇學校。當時蘇州崑劇傳習所為留洋TEXAS A & M大學的穆藕初所創。一九二七年開始，穆藕初的紗廠生意發生危機，不再資助傳習所，另外兩位實業家嚴惠宇和陶希泉接掌。一九三一年嚴陶二人取消崑曲傳習所與大世界遊藝場合同，不再管戲班事宜。顧傳玠後來接受嚴惠宇資助進大學讀書，考南京金陵大學兩次才被錄取，按照嚴惠宇建議入讀農科。大學畢業後的顧傳玠做過許多生意，但都不理想。

充和病愈後與元和同拜周傳瑛先生為師學習崑曲。到一九三六年因一次崑曲義演遇到崑曲大師顧傳玠。由於兩人有共同的愛好，一九三九年顧傳玠與元和在上海結婚（本人有他們這張婚照），是元和親筆簽名送的。凌海霞有資助他們的婚禮。由於張家兄弟姐妹可向合肥的管家支領固定收入，因此，當時雖在日軍佔領下，大家生活尚不成問題。那時候，傳玠元和住在法租界受到保障，還算平安。

在這一章裏面，最使我覺得驚奇的就是作者筆下的元和與凌海霞的關係。作者筆下的元和對凌海霞的擺佈似乎祇有服從。例如——元和大學畢業凌海霞請她去自己父親開辦的海霞中學任職，同時也掌握了元和的生活。凌海霞自認為元和的乾姐，而在寒暑假期間元和也呆在海門凌家。（一三二頁）

元和婚後在一九四〇年生了一個女孩，叫顧珏。過了十八個月，元和再度懷孕卻流產。凌海霞來探望元和，離去時把元和的女兒顧珏與奶媽也帶走，理由是讓元和休養身體。凌海霞一直沒有意思把顧珏歸還給元和，最後竟然連孩子的名字也改為凌宏而據為己有。雖然顧傳玠與元和不高興，但顧母卻認為女孩子總歸要嫁人改姓，二人不必生氣云云。作者說這事一直拖到一九四九年元和與家人去臺灣，凌海霞仍然沒有把顧珏送到元和身邊。一年後元和生了一個男孩，取名顧圭。顧傳玠在一九六五年因肝病在臺灣去世。凌海霞也是在那一年去世。元和於二〇〇三年九月二十七日在美國逝世，享年九十六歲。（一五六頁）

作者按：閱讀至此，覺得當事人的思想與做法有點不可思議，可能有個別的苦衷不定。現在該人等皆已故去，真相已無從可尋。

2

允和，一九〇九年出生，奶媽姓竇。在允和記憶中，母親陸英十全十美，她眼觀四方，出手大方，舉止灑脫卻又莊重有大氣。作者筆下的允和性情剛烈，常欺負兆和，但敬畏充和，因為她覺得充和有學問。允和認為自己的烈性子與自己出生時險象橫生有關。在她出生時，臍帶緊緊圍了她脖子三圈。（一二頁）。允和的剛烈在母親去世後收斂多了，母親的死使她學會了控制自己的脾氣。

允和好像有預知世事的靈性。她看到種種凶兆，有時看到絕望的眼色，望眼欲穿的神情，她還看見善的理念，聽見死亡與禍患的聲音，感受到孩童嬉遊之樂。（一六四頁）。她戀舊，對往事的記憶很清晰，不平則鳴。她喜歡關公，作者也認為允和的個性與關公很相似。

從小學習崑曲的允和稱崑曲養成她無所畏懼的性格，因為在舞臺演出不可能不出錯，她說出錯了也不怕。中學時期擅長公開演講，更喜歡與對手展開辯論，這一點與她小時候的性格配合。一九二〇年，充和來短住幾週，母親陸英指派允和為充和小老師。時允和十一歲，充和七歲。其他姐妹們都有一個弟弟做學生。母親買藍布請當老師的孩子為自己的學生做一個書包，並可以替自己的學生起一個學名。允和知道充和古文底子比自己強，但是，新文學充和就不會知道，於是她替充和改了一個名字叫「王覺悟」。然後，用紅線在書包繡上了「王覺悟」三字。充和問為什麼叫她王覺悟？允和說王覺悟的意思是一覺醒來恍然大悟明白了一切。充和問明白了什麼？允和說現在新世界，大家要明白民主科學才能救中國。但充和還不服氣，問為什麼自己姓張她卻給改姓王？並且說王是皇帝之意，皇帝與土匪是一樣的人。所謂成者為王，敗者為寇。土匪不會覺悟的。充和表示不喜歡覺悟這個名字，把允和氣壞。（一六二頁）

> 最使我感動的一段事實，說新媽韋均一嫉妒陸英，一心想抹掉陸英的遺跡，除去其所珍惜的事物，這使允和很反感。允和了解孝子對逝去的父母應「色不忘乎目，聲不絕於耳，心志嗜欲不忘乎心。」而經常與繼母韋均一頂撞，有時要到姑奶奶處避開。姑奶奶對她說生氣會壞身子，她才收住了脾氣。（一六五頁）

允和上了父親辦的樂益中學就開朗多了，因為她喜歡數學，還有其他的學科與活動，使她精力有所寄托。不過她的烈性子也沒有完全去掉，我們從一六七頁看到她幾何考卷沒有一百分，當著老師面前把卷子撕掉可見一斑。

上面我們不是說過允和有不平則鳴的正氣嗎？在一六七頁中間的一件事也見證了她的這種性格。那是繼母韋均一認為元和唸大學費用太貴，不讓元和返校繼續讀。那時候韋均一是樂益女中的校長，允和在學校門口鼓勵學生罷課，並說：「如果校長不讓自己的繼女完成學業，那麼，樂益女中的學生幹嗎要去上課？」這個舉動當然把韋均一氣得不得了。結果是族中長輩從地租抽資幫助元和完成學業。也因此，允和與弟妹都能順利唸完大學。

大學時期允和與兆和同時進中國公學。後來允和覺得與兆和同一所大學，姊妹發展空間沒那麼好，自己轉往光華大學。她在光華大學時期很活躍，這時候，她開始認識了後來夫婿周有光而墮入愛河。周有光覺得自己窮，不能給允和幸福，然而，允和認為幸福是要自己去創造的。結果允和與周有光在一九三三年結婚，是四姊妹最早結婚的一個，張武齡還給她兩千元做嫁妝。（一七〇頁）

有一件事作者認為允和做得不可思議，可以說是太魯莽，那就是允和的一位高中同學到上海來看她，這位同學叫方雲，未婚懷孕，允和安頓她在自己家。那時她與周有光已經結婚，並與周有光姐妹母親同住，因此引起許多不便。允和待方雲生下孩子後，兩人帶著孩子到孩子爸家人住的杭州，把孩子留在旅館後回上海。結果孩子被送到孤兒院，因為孩子奶奶不承認是她兒子骨肉。（一七一頁）

允和懷孕五次，只有兩個孩子存下來。在四川重慶逃難時，女兒在一九四一年五月盲腸炎去世。（一七六頁）。看到這兒很傷感，我淚掉下來了。

允和兒子小平在成都中流彈住院，三弟定和找合唱團來在小平牀頭舉行音樂會。書中引錄周有光寫給充和的一封信，內容講聽到兒子中彈的焦慮心情，其文筆連我們讀文科的也自嘆不如。「小平最初三日昏迷，到第四天才敢說危險過去，這好比在八堡看錢塘江潮，平靜的海岸忽然可以捲起百丈波濤，等到我趕回成都，又已是潮退浪平，祇能看見江岸潮痕處處了。」（一七六頁）。這次事件，兆和夫婦寄來一萬元。

一九六八年八月十三日文革時期被極端激進分子闖入她家的情景，充滿幽默感。（一七九—一八二頁）

允和為了幫助一位朋友找其前夫拿贍養費一事得到成功。（一八二—一八三頁）。

自新中國共產黨取代國民黨後，因為允和收過合肥老家地租而被冠上反革命帽子，連在出版社的編輯工作也丟了。一九五二年開始回蘇州去。不久又返回上海，投入崑曲的研究，編身段譜，做些沒領薪水的工作，這大概是在一九五六至一九六四年之間。一九六九年，周有光被下放到寧夏，允和沒去陪他。（一八八頁）。允和在那段時期沒被牽連是因為她把所有文件、日記以及作品等全燒了。在回憶燒那些東西的時候，她說：「我的指頭好酸，全身都痛。」看到這裏我心酸酸的。

八十年代，允和藉研讀《心經》以解焦慮。同時也喜歡以崑曲的一齣《佳期》來解悶。此時，元和與充和也在美國，允和也再執筆寫日記。

二〇〇二年八月十四日允和在北京逝世。她的丈夫周有光今年一百零一歲，身體仍然很健康。

3

兆和，一九一〇年出生。雖然陸英生到兆和一連三胎都是女兒，而兆和經常覺得自己是個不重要的孩子，可是，我們知道她母親陸英是很疼她的。每天早上，陸英把兆和帶到自己房間裏，在臉盆放一串冰糖葫蘆給兆和吃，然後自己再去做家務。由於兆和生下來沒有人特別寵她，沒人盯住她，她有行動自由，做自己喜歡的事。她對於自己的奶媽沒有印象，祇記得奶媽走她很傷心。再請回來照理她的保姆姓朱，她教導兆和得不到想要的東西不要貪心，不要露出可憐相，也不要自憐，這在兆和的成長起了很重大的影響：受人欺負也不哭不怨，有問題自己解決，話藏在心裏，不輕易向人傾訴。

一九〇六年二月大批留日學生返回上海，其中有孫鏡清、姚洪業等人各方奔走，在上海北四川路橫濱橋租民房為校舍，籌辦中國公學。同年四月十日中國公學正式開學，孫中山、宋教仁、蔡元培曾擔任董事。中國公學是當時中國最早一批大學之一。

前面說過允和與兆和同時進入中國公學，允和後來轉到光華大學。長大後的兆和頭髮剪得短短的，長得黑黑像個小男生，又胖又壯，樣子粗粗的沒有閨秀氣。可是她上了大學卻吸引了眾多男性眼光，在學校，她有「黑牡丹」的綽號，使家人感到非常意外。那時候，在文壇頗負盛名的沈從文在中國公學任職。

沈從文，原名沈岳煥，在湖南湘西鳳凰小城長大，童年時光多在水邊嬉戲或街上玩，沒受過正規現代教育，祇是在自己家鄉小學畢業。一九二二年來到北京，考北大時候英文得零分，升學未成，在郁達夫、徐志摩的鼓勵下自學寫作，其作品刊載於各大報刊，所描寫的湘西鄉俗民風引起人們的注意而頗負盛名。一九二九年九月胡適任中國公學校長，經由徐志摩介紹，算資歷不能夠在大學任教的沈從文被胡適破格聘為中國公學大學部一年級現代文學選修課講師。胡適認為大學既然提倡白話文，白話文已經成為正式文字，大學應該有白話文新文學課程。由於原來的文學家多用文言，於是有權威，有世界眼光的胡適力排眾議，決定找新人來教，沈從文就是這樣進入中國公學。

沈從文在中國公學上第一堂課前做足準備，用八塊錢坐黃包車從法租界到學校去，而他每堂的工資才六塊錢。到了課堂，沒想到慕名而來的學生擠滿了課室，使他站在那裏不敢開口說話有十分鐘之久。在這漫長的十分鐘內，學生也因為沈從文的緊張而替他不安。當時來旁聽的唸英語系一年級的兆和看到沈從文如此狼狽，也不敢回頭看這位站在講臺上不知如何是好的年輕老師。

「沈從文是不懂教書的」允和丈夫周有光說。「但是，他在給學生批改小說習作非常認真。學生們非常喜歡他。」

雖然沈從文上第一堂課效果不好，但他到底是當時一位著名的作家，受到學生的歡迎，這是胡適聘用他的原因。第一堂課過後，每次上課，沈從文的課堂學生仍然站得滿滿的，胡適說學生不轟他下講臺就證明他的教學成功。

起初，兆和以為沈從文不過是一名作家而已。隨著學生對他越來越喜歡，兆和自己也仰慕他的盛名，來上課的次數越來越多。終於，沈從文發現了來旁聽的兆和，並對兆和產生好感。在沈從文眼裏，張兆和是一個知書識禮的大家閨秀，而她又經常在張家的家庭刊物《水》發表文章。一九二九年沈從文開始給兆和寫情信，開始時兆和以自己一心向學而拒絕。據周有光說，兆和開始根本沒有打開信來看擱在一旁。後來，沈從文覺得自己因為喜歡她而弄到什麼事也不能做，打算遠離他處，使兆和可以安心讀書，自己也免卻煩惱，遂向胡適請假。沈從文對兆和說感情若不被接納，他將會有兩條路可走。兆和誤解沈從文的意思，擔心沈從文會自殺。一九三〇年學校放暑假兆和回蘇州後，七月攜信從蘇州往上海拜訪胡適，並表示愛情不可勉強，不要以為沈從文是個天才，他喜歡一個人，那個人就要接受他。周有光說胡適是個開明的人，對兆和說沈從文未婚，兆和也有自由接受與否，而且還說自己與張冀牖同鄉，要不要他跟她父親說這件事情。兆和聽後生氣地走了。幾天內兆和又收到沈從文寄來幾封情書，其中一封長達六張信紙，是沈從文在七月十二日寫的，正是這封情書深深的感動了兆和。

兆和收到這封信後，在當天的日記裏這樣寫著：

看了他的信，不管他的熱情是真摯的，還是用文字裝點的，我總像是我自己做錯了一件什麼事，因而陷他人於不幸的難過。但他這不顧一切的愛卻深深地感動了我。在我離開這世界以前，在我心靈有一天知覺的時候，我總會記著這世上有一個人，他為了我把生活均衡失去，他為了我捨棄了安定的生活，而去在傷心中刻苦自己。

據兆和五弟寰和說，沈從文給兆和情書有好幾百封，有時候兆和一天收到兩三封情書。寰和本人從沒有看過這些情書，但他的一位朋友的朋友看過，說沈從文寫的情書纔是真正的情書。可惜，這批珍貴的情書因為戰亂已經不存於世了，祇有一封登載《文藝月刊》的那篇《廢郵存底》我們今天還可以讀到。內容是這樣的：

你不會像皇帝，
一個月亮可不是這樣的。
一個月亮不拘聽到任何人的讚美，
不拘這讚美如何不得體，如何不恰當，

他不拒絕這些從心中湧出的吶喊。
你是我的月亮，
你能聽一個並不十分聰明的人用各樣聲音，各樣言語，向你說出各樣的感想，
而這感想，他因為你的存在，如一個光明照耀到我的生活裏而起的。

在二三十年代自由戀愛已經被社會接受，情書在大學校園已經很普遍，是當時戀愛一個重要的表達方式。甚至有些名人文人把情書在刊物公開，如魯迅與徐廣平的《兩地書》，徐志摩與陸小曼的《愛眉小札》等人人皆知，他們的情書已經不是秘密了。好的情書在當時來說是有市場的。

到此，我們知道兆和已經默許他對沈從文的愛情，這場師生戀也就跟著在校園裏傳開了。（話說胡適見過兆和後，給沈從文兆和寄去一式兩份的信，內容大約是叫沈從文不要讓一個小女子誇口曾碎了自己的心，並說兆和年紀輕以拒人自喜云云。

兆和心地是良善的，在她當天的日記也有提到這次事件。她說如果沈從文相信她是一個永遠不了解他的愚頑女子而不再苦苦追求，在愛情方面少感痛苦，又使兆和自己少些麻煩。那麼，兆和非但不怪胡適給兩人信裏說的話，反而要感謝他。一九九頁。）

一九三〇年五月胡適離開中國公學，沈從文知道自己也不能多留，於是離開中國公學到青島大學教書。一九三二年七月兆和在中國公學畢業後回蘇州家。沈從文準備到蘇州探訪兆和並向張家提親。於是，一九三二年盛夏一天，在中國蘇州九如巷三號張家來了一位身穿灰色長衫戴近視眼鏡的年輕人沈從文要找張家三小姐兆和，並準備向張武齡提親。看門說三小姐不在，二小姐允和說她去圖書館看書未回。沈從文失望地返回旅館。兆和回家，允和告兆和沈從文到訪未遇，著兆和回訪。兆和認為到旅館有不便，允和以家中有弟弟多人，兆和可藉此邀沈從文到家裏來。沈從文果真隨兆和回張家，此後每天清早到張家，逗留到深夜才回旅館。在蘇州一個星期，靦腆的沈從文一直不敢向張武齡提親。沈從文回青島後才寫信給允和，托允和向她父親徵求這件婚事的意見，並且說如果她父親答應，就給自己回信說：「鄉下人喝杯甜酒吧！」張武齡對這件提親不持異議。得到父親的允許，允和與兆和到電報局打電報。允和打一個「允字」，周光說這個「允」字的電報有兩個意思：張允和的「允」是名字。而「允」又是「答應」的意思。這半個字的電報使兆和不放心，自己又去打了一個電報：「鄉下人，來喝杯甜酒吧！」

沈從文與張兆和一九三三年九月九日在北平中央公園舉行婚禮。

婚後，兆和在意實際生活問題，而沈從文卻花費在收藏人家不要的小東西如數以百計的小罐小碗。事實上沈從文是很自卑的，他與兆和的境遇懸殊，但又覺得愛能消除兩人的差距，所以在信裏說：「愛我，因為只有你能使我快樂。」

一九三七年七七事變後，沈從文與友人用了一年時間從北平到昆明，兆和與兩個小孩沒同行，到第二年才與他重聚。在這期間，沈從文在信裏刺探兆和不隨他來昆明的原因。如「沒有我，一切是否簡單得多，生活也就快樂得多。」；「是否北平有個關心你，你又同情他的人。」；而且還說「不拘誰愛你或你愛誰，祇要使你得到幸福，我不濫用任何名分妨礙你的幸福。我覺得愛你，但不必須因此拘束你。」（二二一頁）。

這些內容寫得如此淒慘，顯出他對兆和與自己的愛情婚姻沒有信心。

至於兆和這方態度又如何呢？在給他的回信說：「來信說那種廢話，什麼自由不自由的，我不愛聽，以後也不許你講。」

一九三九年春日軍大轟昆明。那時候沈從文在西南聯大教中國現代文學。兆和要搬到鄉間呈貢小縣教書，自己每天走十幾里路到學校，更使沈從文一到周末便要長途跋涉回家。允和也不明白兆和的決定。在兆和方面覺得自己在學校教書才可以贏得丈夫的充分敬重。她認為女人應該就業自強，否則丈夫老覺得你不如他。可是沈從文卻認為妻子品德高尚，生命意志強就夠了。

和平後，一家回北平。沈從文任職北京大學教中國文學，並開始又收集古董了。此時，他對與兆和的婚姻比較有信心，對兆和的愛也更濃厚，更想執筆寫東西。可是，一九四八年國民黨失勢，共產黨代之而起，圍北平兩個月。在這個時候已經有刊物痛批他的文章，連北京學生也貼大字報譴責他。最使沈從文難過受不了的就是丁玲連同其他左聯作家一起批評自己。

一九三一年丁玲丈夫胡也頻等二十四人被國民黨槍決，沈從文一直給丁玲精神上支持。後來二人雖有機會見面，沈從文卻受到丁玲冷淡的對待。在心情極度惡劣時，沈從文給兆和信時也曾提到離婚，不想累及妻兒。沈從文喝煤油割脈自殺過一次而獲救，從此寄情於音樂。後來他在北大的教席被校方取消，調到北京的歷史博物館鑑定文物和當講解員。雖然一個人成了名要躲起來忍受冷漠不容易，但這份工作卻合沈從文心意，他希望人們忘記他。他認為自己作品並非不好，是政治氣候使寫作成為一種危險的行業。讀到沈從文說：「我懂的不知應當叫什麼？」時好難過。對於那時候的人們分不出美醜和藝術非藝術，沈從文很無奈。

一九六六年文化大革命時沈從文被罰洗婦女廁所。一九六九年沈從文與張兆和曾經一同下放到湖北，沈從文被分到湖北幹校。（別處資料說他下放到菜園）而兆和則守廁所，防人偷糞便。相信那時候在國內任何一樣東西都會很值錢。

一九七二年兩人調回北京。他們兩個孩子龍龍與虎虎因為父母背景欠佳而未能上大學，分別在工廠花圃工作。實際上，張兆和很關心沈從文的寫作。她認為沈從文不宜寫評論文章，而應專攻美麗動人的小說，保持他那乾淨無瑕的本來面目，寫短文會毀了他的絕妙才情。如果大家到過湖南張家界鳳凰古城，你就可以想像二三十年代這個地方是非常原始的，而沈從文故居就在那裏。沈從文生於荒僻閉塞卻風景如詩的湘西，心靈與自然的交匯化作流動的旋律，寫不盡社會的殘酷，生命的堅忍和多彩異樣的民風。他最美麗動人的小說皆取材於湘西。毛澤東與周恩來曾建議他重新拿起筆來寫作。可是，無論他走到那裏，他內心還緬懷那個他出生長大的地方：那些河岸邊上的吊腳樓、還有那些女人用石子木頭打洗衣服的日子。沒有家鄉的山水人物，他沒有題材，寫不出東西來。

沈從文的際遇到一九八〇年隨著中國政局的改變，社會環境的放鬆而得到很大的改變。那年的十月沈從文應美國多所大學的邀請，偕同夫人張兆和赴美國講學，受到熱烈的歡迎。在面對人群演講時，沈從文說：「許多在日本、在美國的朋友，為我不寫小說而覺得惋惜，事實上不值得惋惜。按照社會慣例來說，一個人進入了歷史博物館，就等於說他本身已經成為歷史，也就等於說他報廢了。但對我來說，這是一個機會，可以具體的把六千年的中華文物，有條有理的看一個遍。」

一九八三年沈從文患腦血栓，身體部分癱瘓。後來得到政府的認真關注，給了他一套寬大的房子，並有汽車與司機。可是太晚了，他沒有機會使用。一九八八年五月十日，沈從文因心臟病發，在家中逝世。

一九九二年，沈從文的骨灰在家人的護送下魂歸故里鳳凰。他的一些骨灰撒在沱江中，其他則安葬在墳墓裏。他的墓碑前面刻有一句張兆和選沈從文的手跡：「照我思索，能理解我。照我思索，可以識人。」此句表示沈從文終於把人事看透了。墓碑後面刻有張充和為沈從文寫的誄文。「不折不從，亦慈亦讓；星斗其文，赤字其人。」四句暗含「從文讓人」之意。陳安娜女士說充和與沈從文相似，他們始終保持了原有的自由和真誠，祇是沈從文沒有多少選擇的自由，而充和一生比較幸運。他在臨死前對友好說：「我對這個世界沒什麼好說的。」這大概可以把沈從文從一九四九年到他去世的三十九年的內心世界來一個總結吧。

二〇〇三年張兆和在北京逝世，一代才子佳人就這樣離我們而去。

4

充和，一九一三年生。陸英在充和前已生了三個女兒。兆和之後懷第四胎是兒子卻夭折。懷充和時有人預計是兒子，充和出生後家人失望可知。剛好奶媽沒有奶水，充和餓了陸英也沒心情餵她。結果充和八個月大就被叔祖母識修領養到了合肥。

充和受叔祖母識修的影響很大。幼年不到六歲，便會背三字經，千字文。從六歲到十六歲受到好幾位老師的悉心教導，有一位是舉人。最優秀的老師是從山東請來的考古學家朱謨欽，他從充和十一到十六歲一直住在叔祖母家。充和不但有好的老師，自己也非常的用功。七八歲就學作對子學寫詩。充和小時候有一個尼姑朋友名叫長生，瞎眼。充和利用自己的知識能力去滿足長生對物體顏色的需要，也就是對她的一種訓練。因為對事物了解透徹才能告訴別人，這就是格物致知的基礎。由於青幼年時沒有與姐妹一起生活，因此充和的國學基礎很扎實。可是也由於識修信佛，不好閒事，而充和的專心讀書也使自己的普通常識有欠缺。譬如二五六頁，一九二七年充和已經十四歲了尚未知道飛機為何物，故有老鷹下蛋的講法。

充和回到蘇州在樂益女中唸了一年。一九三四年以厚實的國學根基一百分考入北大，可是數學零分，考試委員會是破例錄取她進入北大中文系。實際上，充和喜歡的還是戲劇。她與在清華大學的大弟宗和一道參加一位專業崑曲老師在清華開的非正式的崑曲課，充和始終沒有在北大畢業。一九三六年因病離北平回蘇州。

充和經常與文藝界朋友放言高論，她會吹笛子，因此玩樂器的人接踵而至，喜歡詩詞寫字的人也來了。為了怕影響友誼，充和不喜歡與朋友圈子裏的人談戀愛。其實，當年在充和身邊的追求者不少：計有過於害羞的卞之琳，他是詩人、翻譯家。他曾在西南聯大教文學翻譯課，給充和寫過許多信，對充和一直未忘情。另外一個是不修邊幅甲骨文專家方先生，寫給充和的信也用甲骨文。對於這兩位最求者，充和沒有放在心懷。

一九四〇年，充和曾在蔣介石政府教育部新成立的禮樂館任職，並負責從《樂志》選出二十四篇典禮用的樂章。充和用毛筆寫了兩份，一份給蔣介石，聽說他那一份掉失了。

充和在重慶工作時候認識了許多名人藝術家如章士釗、沈尹默等人。沈精於書法，後來成為充和的第二恩師。充何與章士釗曾有一段過節，說章士釗送她一首詩，其中有兩句她看了

很不高興：「文姬流落于誰事，十八胡笳祇自憐。」像是惋惜她落魄他鄉之意。（二七九頁）

一九四七年，充和在北大教書法和崑曲，充和與沈從文兆和同住，認識了傅漢思。傅漢斯是猶太人，精通德意英法文學，世居德國。一九三五年離開德國，後在美國加州定居，與充和在一九四八年十一月結婚，一九四九年一月兩人赴美國定居。到這個時候充和說章士釗當年是說對了，自己現在是嫁給一個胡人。後來，允和兆和元和相繼出國，姐妹們又在異地重逢。今年九十三歲的充和現住在Conneticut，離耶魯大學很近。

肆、總結

本人不喜歡讀翻譯書，因為原著作品經過第二者翻譯使原來內容失真，這個失真具有兩方面的意思：一是原著並不怎樣而由於翻譯者的才思把原著潤飾變成稀世佳作；二是原著本來是稀世佳作卻因為翻譯者的有限才思變成並不怎樣的作品。目前有為數不少的放洋學者往往用外文寫中國的歷史、文化、人情、故事；用外文來表達他們對自己國家的懷念、激憤、怨恨、……；再經過旁人予以翻譯為華文這種崎嶇的途徑而揚名海外。

本書作者金安平女士十二歲就到了美國，她不用中文書寫是很正常的，本來我們不必對她苛求。英文原本我沒讀過，就譯者鄭至慧的文筆看來，不論她意譯或直譯，筆者認為都是一流的筆法。所遺憾的一點是，若為直譯，那就證明原作者在本書裏寫作手法有未盡善之處。本書作者對在書裏提及人物的史事似乎知道很多，但各人資料散見篇章不集中，在閱讀時候像有系統，但實際上又系統全無。

按本人讀畢此書所得的結論是：作者對張家姊妹了解並不深切。正因如此，作者把她所得來有關張家姊妹的零碎資料，片言斷章，再加進近代史、近代文學史與崑曲戲劇史等勉強而湊成此書。

本篇讀書報告有許多資料是由陳安娜女士向我提供，如果沒有她，如元和允和的去世日期我無法可尋，在此向她致謝。陳安娜女士是我臺灣師範大學的學姊，現在是紐約海外崑曲社負責人，與張家四姊妹的關係十分密切。安娜女士與先生吳章銓均為張元和老師的學生。安娜與充和住得很近，經常去探候充和。今年四月，華美協進社人文學會舉辦「張充和詩書畫崑曲成就研討會」，請來五位講者，安娜女士與《合肥四姊妹》作者金安平女士是其二。安娜說九十三歲的充和還唱崑曲，而且唱得比他們好。（二〇〇六）

《圍棋少女》

——讀書和聽雨一樣，年齡是領會感受的泉源

壹、引言

我國古代四大藝術琴棋書畫之棋就是指圍棋。聞圍棋初非人間之事，乃仙家養性樂道之具。有說帝堯之子丹朱好玩不勤學，帝往覓仙人求助，仙人云棋雖小數，實與兵合，可千變萬化，並著帝教丹珠下棋，彼必專心致志，這是最早提到圍棋的故事。東漢許慎《說文解字》：「弈，圍棋也。」可見圍棋起源甚早。

古往今來，人們對圍棋褒貶有之。春秋戰國時期人們把下圍棋看作是一種無聊的嗜好。連孔夫子也說：「飽食終日，無所用心，難矣哉！不有博弈者乎？為之，猶賢乎已！」（論語陽貨二二）意謂吃飽飯一點心思也不用，很難養成良好的德行。做局戲下棋的遊戲也比不用心好些。而到了孟子更為嚴格，他把博弈好飲酒算在不顧父母之養，與惰其四肢、好貨財私妻子、從耳目之欲以為父母戮、好勇鬥狠以危父母視為同等不孝。（參考孟子離婁下三十）

下棋就像作戰，我國歷史上許多軍事家、謀略家都深知棋理妙道。如劉備往隆中訪諸葛亮時，聽到農夫在田邊高歌：「蒼天如圓蓋，陸地為棋局，世人黑白分，往來受榮辱。榮者自安安，辱者自碌碌。南陽有隱居，高眠臥不足。」此見諸為棋中高手。湖南卲陽有六尺廣之棋盤聞說為諸當年下棋之處。《虬髯客傳》裏也說到虬髯客和道士邀李世民觀弈。

我國古代圍棋好手如雲，漢末建安七子與魏晉竹林七賢都好棋，而阮籍聞母死訊下棋如儀亦世間少有之棋迷。歷史上的淝水之戰，晉伐苻堅大勝，謝安鎮定不露，亦是得益於弈棋。歷史上的名人如趙匡胤、范仲淹、王安石、歐陽修、陸游、文天祥等等均好弈，而蘇東坡則以觀棋得名。唐朝時期視圍棋為高雅娛樂，連有文化的婦女也是圍棋的愛好者。唐還設「棋待詔」，官至九品。有說日本在唐時派來使學到棋藝，甚至有說早在魏晉南北朝時候。到宋朝，社會上有一種陪伴富貴子弟娛樂的「閒人」，這些閒人要懂得琴棋書畫。明朝朱元璋好棋也禁棋，建「逍遙樓」囚禁賭棋之百姓。明朝時期著名棋手林立而且開始形成流派。著名棋手有劉景、范洪、鮑景遠與名震江南的過百齡。女棋手有薛素素，才氣過人。明代棋書甚多如《適情錄》、《秋仙遺譜》、《萬匯仙機》等等。清朝好棋男女多不勝數，棋聖黃龍士與學生徐星友在當代齊名，而徐星友著的《兼山堂弈譜》更是我國有名的棋譜之一。

《圍棋少女》作者山颯女士曾說「四千年前中國人發明了圍棋，但她像中華歷史過份冗長，她的文化在發展中逐漸乾枯，失去了原有的精緻和純正。圍棋由幾百年前傳入日本，經改進完善逐漸成為一門高雅的哲學」字字在揪著我的心。

我國的圍棋發展到清代一直蓬勃，民初至現在的狀況是否如山颯所說那樣，讓諸位各自去尋找答案，不在此敘說。

現在要說的是在民國初期建立的兩個棋院：一九四一年東北滿洲國的「滿洲棋院」（又稱日本棋院滿洲別院），棋院的理事全由日人出任。一九四三年偽華北臨時政府又建立了一個「華北棋道院」，山颯《圍棋少女》一書就是以此時期作為故事背景寫成。

貳、故事內容

《圍棋少女》一書故事發生在中國東北的一個小鎮——千風城。故事的女主角是一個十六歲的圍棋好手，年四歲，比她長四歲的陸表兄就開始教她下棋，長大後更勝於藍。千風城有一個千風廣場，是圍棋愛好者經常相聚的地方，棋齡不短的她是千風廣場的常客。以下我就稱她為「少女」。少女的祖父在清朝時當官。父親年輕時與母親一起放洋英國，接受西方文化的熏陶。少女出生在倫敦，父母回國後，從北平搬回老家千風城老宅。「九一八」事變後，滿洲國在東北成立，少女家成了破落貴族，父母親專注翻譯英文詩集度日。時少女在上高中，姐姐夜珠已婚。鴻兒是少女的同學，二人無話不談。一次，少年敏輝與晶琦幫助少女躲過暴亂，從此成為好朋友，可少女對於二人是革命分子完全不知曉。少女情懷總是詩，她同時喜歡上敏輝與晶琦，後來與敏輝戀愛更且發生了關係。

故事中的男主角是一位隨著日本軍隊來到千風城的年輕日本軍官，以下就稱他為「陌生人」。陌生人被上司指派裝扮為中國人在當地做間諜，父親去世，有母親與弟弟妹妹在日本。小時候乳娘是中國人，因此會中文。當他受到委屈的時候，乳娘就撫慰他。所以他說「中文給予我溫暖，撫慰我心靈。」。在日本的軍國主義教育下，在母親的盡忠報國的教育下，他並沒有忘記為國捐軀是作為一個軍人的光榮。離鄉別井，軍人的生死不可料，使陌生人經常尋花問柳，找藝妓發洩情欲。當他第一次來到千風廣場與少女對弈後就留下深刻的印象。往後每天按時到那兒去與她下棋。這位陌生人已經忘記了自己是間諜，戀上了這個圍棋女高手。

少女與敏輝經常相聚，不久，少女懷孕了。隨後，搞革命的敏輝與晶琦被捕。此時她才發現自己同時愛上了這兩個人。天公就是愛作弄人，在敏輝行刑那天，少女知道敏輝早已變心與另一位女革命者唐林相好。失戀的痛楚曾使少女自尋短見，後來依好友鴻兒的建議把胎兒打掉。就從這時候起，在千風廣場上，少女對於這位與自己對弈的陌生人開始注意。逐漸的，輸贏對兩個人也不重要了，下圍棋變成了與對手相會的藉口。

後來，東北局勢日漸吃緊，被釋放出來的晶琦要求少女與他一起出走；而少女卻要求陌生人帶自己離開千風城到內地去。陌生人知道這是不可能發生的事而拒絕。結果，少女隨晶琦到了北平。生活的不安使少女想起了陌生人，此時才發現「還有人在愛著我，我剛剛明白，我原來也愛上了他。我要回東北去，他在家鄉等著我呢！」（八十九章）其實，此時的少女連陌生人的名字也不曉得。

作男裝打扮的少女離開晶琦，逃出北平。不久，北平淪陷了。沿路上，滿目瘡痍。未幾，少女被捕，上天雖使兩人相見卻悲痛莫名，日軍士想輪姦她。在緊急之際，少女知道無生存希望，告訴陌生人她的名字叫「夜歌」。陌生人為了保護她不被沾污，用槍先把她殺了然後自盡，全故事完。

參、作者寫此書的動機

作者說寫此書最大的動機是她的外祖母去世。外祖父母在抗日戰爭時是共產黨的遊擊隊，從太行山一直到延安，她的母親就是在那個時候出生的。現代東西方社會所追求的是物質生活，沒有人重視精神靈魂。老一輩為中國灑鮮血的這一代人早已被人遺忘。自從她的外祖母去世，好像抗戰這段歷史也就完結了，沒有人再會提起。所以她覺得要為他們寫一本書。再者，就是作者的初戀。天安門事件時作者十六歲，她的初戀情人也是十六歲。兩人年紀雖小卻愛得轟轟烈烈。她想把那種從少女變成女人的感覺寫出來，寫完了就算是把初戀埋葬。

肆、《圍棋少女》內容處理分析

《圍棋少女》一書原著是法文，再由趙英男作中譯。作為導讀，本人覺得遺憾的是不懂法文。遍找譯者生平背景不獲，失望得很。據作者說她與譯者共同完成此書中譯本，也就是說書裏的遣詞造句有兩個人的筆法。我不喜歡看翻譯作品，因為與作者的原來筆法風格有出入，要想了解作者賦予書內角色性格並不容易，得來結論也不夠準確。

即使《圍棋少女》作者山颯在獲獎後曾說「本書獲得文學獎，所以為廣大讀者喜愛的原因是此書觸動了現代人生存、感情的危機。美國九一一事件後西方社會在痛苦地尋找各種新的定義：比如什麼是黑，什麼是白，什麼是犯罪，什麼是懲戒，什麼是忠誠，什麼是背叛等等；然而，《圍棋少女》卻講述了在兩種非常狀態的敵對文化中，男性與女性在對立中相愛，探討乃至到升華的可能。」我卻不認為如此，倒是她提到的另一個原因「每到一處總是受到狂風暴雨般的掌聲歡迎是因為我的年齡小，與年輕人接近。也因為我是中國人，代表一種遙遠而神秘的文化。」較為合理。

人們對於這位在海外以法文寫作的年輕女作家毀譽參半，謠傳她的著作經過出版社改寫，在巴黎出版界有不少爭議。「人們對這個以法文寫作的中國女作家感到著迷，因為法國人喜歡外人喜愛他們的語言。」出版《圍棋少女》的Grasset出版社負責人說得非常中肯，這實在是山颯在法國受到歡迎的主要原因。而《圍棋少女》一書獲得由法國高中生投票選出的「龔固爾高中生文學獎」，有作家開玩笑說高中生上網看到她的照片便決定投票。在本文開始的時候我說「讀書和聽雨一樣，年齡是領會感受的泉源」也就是這個道理。

《圍棋少女》本書作者說她年輕是對的，就是因為年輕，她寫的男女愛情如烈火之熱，如雷電之震人心弦。書中對愛情的描寫就是本書受到瘋狂歡迎的主要因素。

山颯提到她的十六歲初戀，而她的《圍棋少女書》的主角少女也是十六歲。這個「十六歲」使我想起一位著名的女作家瓊瑤。瓊瑤女士是一位愛情小說多產女作家，以寫年輕人感情尤以少女情懷的小說使六十年代的學生瘋狂，她的小說書中愛情橋段千遍一律。瓊瑤女士十六歲的時候考進了臺北第二女中，她的一生充滿傳奇，在此不作介紹。山颯與瓊瑤兩位女士的作品在愛情方面的看法與處理有異曲同工之妙：都是反叛，都是轟轟烈烈的。這與她們本身的個性與所處的環境不無關係。

山颯說她寫到最後一章時淚流滿面，這我相信：那時候她的往事肯定歷歷在目。她又說不少讀者給她來信告訴她看到最後一章也痛哭流涕，我也相信；因為年齡是領會感受的泉源，來信的多半會是年輕人。我覺得閱讀《圍棋少女》一書要用讀瓊瑤的浪漫愛情小說的心情來欣賞，什麼中日歷史背景、什麼美國九一一都不是本書所要表達重要的元素。

《圍棋少女》一書分有九十二章（節）。作者用隔章交叉敘說法一氣呵成。書中兩個主角作者用隔章手法介紹給讀者，筆法清新，條理分明。以下與諸位分享本人讀後感。

（一）本書故事開始點出男女主角日後相遇下棋的地方——千風廣場。有人說千風廣場就是中國東北山海關的城牆。千風城是一個小鎮，仿北京而建，保持四方形的結構。清亡後，部分貴族避難至此，你隨時可以看到那些穿身過時馬褂、留長指甲、光頭而留著長辮子的人走在街上，是一個當地的熱景點。那裏的東北人不但好賽棋，而且愛賽馬，把對方推下馬去就算贏，馬屬贏者。其實，本書裏面提到的那個時期在當時到千風廣場下棋的人背景都不簡單，各有來頭，我指的是幫會集團，當然也有專門詐騙的，正是龍蛇混集之處。良家婦女是不會到該處下棋的吧？而作者以這個地點作為少女經常留連的地方不能不使人感到詫異。

（二）活潑、聰明是作者賦予少女的性格。作者為她插陪了四位男士：陸表兄、敏輝、晶琦與陌生人。她對愛情的佔有欲很強，為了每天有可能與敏輝碰面，她開始刻意打扮上學，少女情懷表露無遺，她是在暗戀敏輝。（二十七章）。而在與敏輝相好的時刻，晶琦和陸表兄的臉孔也同時在她眼前閃動，讀者可以領略這位少女浪漫的個性。（三十九章）。

（三）少女喜歡下圍棋。棋局一開始她就覺得興奮，靈魂出竅舒服極；棋局結束，靈氣無處釋放，不知如何是好。「她認為會作自己命運的主人讓自己獲得快樂。幸福就是棋中的包圍戰，她會毫不留情地握殺生命中的苦難。」（四十一章）。

（四）作者寫過四本小說，都是在處理女人的問題。作者說「什麼纔是真正的、自由的、獨立的、有思考也有魅力的女人？中國幾千年文化所塑造出來的女人是畸形的。」我一直在揣摩作者這話中的含義。請諸位閉上眼睛想想我們的上一代，上兩代的女人、……，她們不就是在巴金、曹禺筆下小說裏的女人！這也大概就是作者說「中國幾千年文化所塑造出來的女人是畸形的」的論據吧？固然，本書裏面的少女不是《家》、《春》、《秋》和《雷雨》裏面的弱小女角，因此，少女的愛情一直在遊移，一個希望熄滅，她又重新點燃起另一個：敏輝被行刑後，她寄情（希望）於這個陌生人（日本軍官），希望他能帶自己走，陌生人（日本軍官）不答應後她又轉向於晶琦，到後來發現自己愛的原來是那個陌生人（日本軍官）時她又冒著戰火的危險想回到老家去找他，這就是本書作者筆下的少女性格——「作自己命運中的主人」讀到此處，我不其然就想到《飄》（Gone With The Wind）的女主角絲嘉麗，她為了自己得到快樂，想盡辦法去克服困難，甚至不擇手段去掠取別人的利益。為了維持家裏生活，她竟然奪了自己親姐妹的未婚夫。本書的少女尚不至於如此卑鄙，相反的，在她極度失意的時候——當她在刑場發現敏輝與革命女同黨唐林在行刑前的親昵，回來自己不斷在幻想著二人瞞著她接吻造愛的情景——「在我遇到敏輝之前，他們是否擁抱接吻過？他們做過愛嗎？自由人——唐林也許已回絕他的要求。可是臨刑前的一夜，他們一定會無恥的在獄卒的注視下深情相擁，男歡女愛。她（指唐林）用自己的身體和靈魂來接受他（指敏輝）。他進入她的身體，雙膝著地，恍惚在祈禱。他用盡全力抱住了她。他的精液流淌著，他們的血液融合到一起。她獻出自己的貞操，也在死亡的等待中昇華。敏輝背叛了我，我祇能一死了之。」（六十九章）她祇是想到死。這位純真的少女對無瑕愛情的期待和佔有，不能容忍第三者的插入污染。

（五）陌生人（日本軍官）的仁心書中多處可見，例如在刑房巡視，那些中國俘虜受殘害的情景就不忍心多看。有一次他還替俘虜包紮傷口送他回家。「他討厭折磨無辜的人，他也同情那些生活在無知貧窮和骯髒中的中國農民。」（十章）讀到此處，我國儒家的「人之初，性本善」思想就呈現眼前。雖然本書有好幾處描述他與妓女的相好，藉以發洩情欲；可對於藝妓光小姐卻不忍沾污（三十四章）。作者是有意賦予這位異國陌生人善良的品行，使讀者對於這個日本間諜予以同情，為日後少女的遭遇作一伏筆。

（六）一天，陌生人發現樹幹上一隻正蛻皮的蟬。「等牠脫殼後，引到手心。月光下，蟬兒身子像巧匠雕出來的玉器。他用手一捏，蟬由透明變為混濁，黑液體噴出來，身子跨下去，左翅膀腫起來，撐破了，化作點點珠淚。蟬兒的脆弱使我想起中國少女，想起了我們必須摧毀的中國。」（七十四章）用蟬比喻少女，用蟬比喻中國。山颯在這章的寓意實在無懈可擊。當感受到這一隻蟬在轉化當中所呈現出來的軟弱時，我的心又被揪了一下。

（七）陌生人在戰爭的非常期間竟然想起了少女的肌膚香氣。看到戰場上的屍體纍纍，使他失去對軍旅生活的興趣。「我們像逆流而上的鮭魚，向死亡游去。這是宿命，這是軍令；不是美麗，不是輝煌。」故事發展至此，作者為陌生人厭倦戰爭、深愛著少女再作另一伏筆。（九十章）《圍棋少女》一書共九十二章，作者把少女與陌生人（日本軍官）的初遇放在第四十五章。第二次相遇在第四十六章。在日本，蒼白就是美，書中的藝妓光小姐就是屬於這一類的女性。然而，書中這位皮膚曬得發亮的中國少女卻有獨特的魅力：她率直、毫無顧忌開懷大笑吸引了陌生人。對於「少女」與「陌生人」的旖旎戀情，作者並沒有過多著墨。末了一章，兩個伏筆大聯合後匆匆收筆，愛恨裊裊。

伍、作者點滴補遺（參考節錄中國時報）

六四以後，作者本來考上北大中文系，時其父親在法國講學，她也來到法國留學。她覺得既然來到西方，就要學到西方的文化，而法國就像西方文化的十字路口，可以多方吸收。作者到了巴黎從中學開始唸法文，三個月聽懂，六個月可以說，再六月可以寫，到第二年就可以記筆記考試了。大學唸巴黎神學院唸的是哲學，社會學是副科。九七年就開始出書了。

作者從小就背唐詩，少女時期把《紅樓夢》讀過二十二遍。老莊也讀過。至於法國古典文學則喜歡福樓拜與拉法葉夫人。法語是作者的第二語言，作者認為是一種智慧的語言，完全靠大腦思維，是精神上的追求和探索；而用中文寫作特別舒服有人性，有肉體感，好像穿了貼身的一件棉襖，那種親切與瀟灑與法語絕對是不一樣的。

在法國住了十幾年，作者說輕鬆的日子並不多，青春付出是寫作的代價。別的年輕女孩談戀愛的時候，她在看書和孤獨的寫作。別人結婚生子時，她又要到世界各地去演講與推銷她的書。她說她在說法語時非常謹慎，在法國生活不容易，這是一個排外的社會，她也受到過傷害。雖然現在她站得住腳，還是一直拼搏、吶喊去證明作為一個中國人在法國的文壇她是存在的。說中文就不同了，回到北京時特別愛說北京話，那種感覺，好像從戰場上卸了盔甲的戰士。

山颯經常搬家，她認為家庭、個人財產、收集都是人生的負擔。一個人赤裸裸的來，赤裸裸的去。林黛玉不是說過「質本潔來還潔去？」因此，山颯的人生觀多少受了《紅樓夢》的一些影響。（二〇〇五）

編後序

中學時代寫的文章是專門給老師看的。每上作文課，老師把題目寫在黑板，接著就為我們解題。那個時候，遇到論說題，我非常留意老師如何解題，在那個時代，文章內容多按照國文老師的好惡為文。每次拿回來的卷子上面有老師用紅筆打圓圈，打交叉，眉批，總批，然後在首頁右上角打分數。總而言之，發回來的作文卷子一定非常繽紛。

記得中學六年級的作文科曾應鎏老師不止一次向班上同學提到他的批改作文生涯。老師說每星期他買來一大包花生，擱在書桌上，對自己說：「作文全批改好就有花生吃。」每次同學們聽到這兒都大笑。現在回想起來，那個時候，我們班的作文卷子肯定是老師的一個非常大的壓力。

大學畢業，當上國文老師，每星期三班作文卷子帶回家。第一年批改作文，每張卷子改完，就有——為何紅花飛滿眼，不見句讀在其中的感覺，黑的毛筆字幾乎被紅毛筆字全蓋過，之後，自己就沾沾自喜。幾年下來，在批改作文的時候，又有一新發現——卷子上面的黑字多過紅字了——對於這個發現，同樣使自己沾沾自喜。為什麼？因為這種「紅與黑」的互換使我逐漸了解到，批改作文不是要把學生的文稿改成自己所需要的內容，而是盡量保留他們的內容原意。因此，當中學國文老師那個年代，我不需要為了批改作文而去買花生米來自我鼓勵減壓。

雖然我一九七〇年畢業國立臺灣師範大學國文系，但真正從事寫作卻是在二〇〇〇年開始。有人說一個人開心的時候沒工夫寫東西，祇有在孤獨憂傷之時才思源不絕，這對我來說是各站一半，因為我在極快樂和極憂傷的時候思潮也會排山倒海而來，寫作對我來說就是像日常生活不可缺少。

二〇〇〇年美國德州達拉斯《達拉斯新聞》的社長麥卓傑先生為我開了專欄，我名之為《乘風專欄》。「乘風」是我進大學後發表文章用的筆名，出自蘇東坡那首詞《水調歌頭》「我欲乘風歸去，又恐瓊樓玉宇，高處不勝寒。」到了二〇〇九年對現到文學作品開始感興趣，在《達拉斯新聞》執筆《甘子專欄》到現在。

開始寫專欄是真的爬格子，還很正規的用原稿紙來寫。記得社長著我到報社拿稿紙，我沒去。李（郭）秋雲老師是我在香港嶺英中學時候的國語科導師，她說寫文章的人最好與報社保持距離，還有就是不要讓人認識你的長相，因為有時候樣子與文章讓讀者作對比就有些彆扭，因此之故，寫了兩年的專欄我沒見過報社的任何一個人。後來，為了宣傳李（郭）秋雲老師出版的那本《中國文字草簡源系》一書，才帶著書與文稿和社長初次會面，那時候是二〇〇二年。社長在報上登了一張我與老師一九九〇年在多倫多的合照後，達拉斯的讀者才見到我的廬山面目。

中學時期學過一年漢語拼音，由李（郭）秋雲老師指導。升學臺灣，學校用注音符號教國音，因此學過的漢語拼音再沒用上。後來，有鑑於各大報館希望作者自己打稿直接送去省事，加上爬格子是很費手勁的，因此我決心要自己打稿。得到朋友葉衛平先生的提點在電腦設置中文打字系統，不但省了許多手力；而且更可以每天在網上看報讀人家的文章，這個改變使我的寫作又更上一層樓。還記得第一次用中文打信電傳給大妹秀雁，她回我信說：「姐姐，你很醒啊！」（醒，廣東話的意思是醒目）。中文打字是大妹的專業，想當時她有多高興我也就有多高興。往後再加上電腦專業的兒子國政設置與指點，我比其他母親又多一層幸運。

從小就常夢到我會飛，不但自己會飛，而且還可以帶著別人一起到處飛翔。夢裏飛翔的感覺可美極了，舒服極了，沒有束縛，沒有顧慮。後來聽人說經常夢到會飛的人是不滿現實。我從小就夢到會飛，難道從我懂事的時候有記憶的時候就是一個不滿現實的小孩子？那時候我腦子裏真正在想的到底是什麼？我不滿意的現實又是什麼？相信現在不會有人能給我圓滿的答案。我想，大概天空是神秘的地方，手夠不到，人跳不到。也許你會問：為什麼不作坐飛機的夢？飛機不也在天上飛嗎？是的，我也感到奇怪，從來沒有夢到自己坐飛機。

我第一次坐飛機是和外子結婚到加拿大度蜜月的時候，一點不害怕，那是在一九七七年。結婚有了孩子之後，不知為何，竟然開始怕坐飛機了，連到遊樂場乘坐那些高空玩意兒的膽子也沒有了。雖然如此，我的內心仍然是嚮往著天上那縹緲的境界，每逢看到小鳥成群站在那高空的電線上面吱吱喳喳的互相唱和著，內心還是有一股衝動，想馬上飛到牠們那裏去；或者，當看到楊柳末梢處停著有迎風招展的鳥兒，就會想像牠是我。

寫作時候腦子思路就像鳥兒在空中飛翔的一樣自由舒展吧，我愛寫作就像我愛飛，文章寫好那種感覺特棒，心輕了許多，也就是這個感覺，使我繼續寫，不停的寫。此外，朋友的支持也是我繼續寫下去的原因。當他們一句「為何這星期不見你的文章？」，那就是一種推動力。曾有朋友郭成康先生說如果我要出書有編號的話，一號歸我，二號就要給他，這又是何其強大的動力，使我不能夠停下來。

來了美國幾十年，寫過專欄數年，然後發現這個時候寫的文章才真正是屬於自己的。現在的我不必先訂了題目才開始寫內容，也不一定很呆板的規定文章有起承轉合四個段落，文章寫好也沒有人給我眉批、總批。這個時候，感覺到自己是多麼的自由啊！現在的我就是「自由撰稿人」。在標榜「自由」的土地上作自由撰稿人是多麼的具有意義！可是，在美國住久以後，您有否注意到美國標榜最基本的如言論自由，出版自由以及宗教自由也是很有限度的？因此之故，為了不傷和氣，不吃官司，手上拿的這支筆還是需要特別小心。

江淹少時，夢人授五彩筆，由是文藻日新；李白少時夢筆頭生花，自是才思瞻逸。寫作生涯不是夢：我少年時為了分數而寫作、中年時為了批改學生作業而「寫作」，到了現在，真正的是為了自己的愛好而寫作。以前是一筆一筆的耕耘，現在是一字一字的輸入。

這本書能夠出版，我特別要感謝我的學長王千先生，因為文稿大部分經過他的閱覽並給予非常寶貴的意見。本集所錄載的文章幾乎全部曾在報章上刊登過，如北美世界日報與世界周刊，達拉斯新聞，達拉斯時報與美中晚報等等。

一個人總有過去，都值得回憶，不管是甜是苦。你我他的故事在個人來說都是不平凡的，當然我的也不平凡。經過多年的感情抒發，這些文稿是我生活的見證，現在加以整理付梓，雁過留聲，僅作為一個記憶懷念而已。

甘秀霞謹識

二〇一〇年於美國德州達拉斯乘風草堂

國家圖書館出版品預行編目

乘風草堂散文精選 / 甘秀霞著. -- 一版.
-- 臺北市： 秀威資訊科技, 2010.07
面； 公分. . -- （語言文學類；PG0379）

BOD版
ISBN 978-986-221-495-4（平裝）

855 99009350

語言文學類 PG0379

乘風草堂散文精選

作　　者 / 甘秀霞
發 行 人 / 宋政坤
執行編輯 / 蔡曉雯
圖文排版 / 陳宛鈴
封面設計 / 蕭玉蘋
數位轉譯 / 徐真玉　沈裕閔
圖書銷售 / 林怡君
法律顧問 / 毛國樑　律師
出版印製 / 秀威資訊科技股份有限公司
台北市內湖區瑞光路583巷25號1樓
電話：02-2657-9211　傳真：02-2657-9106
E-mail：service@showwe.com.tw
經 銷 商 / 紅螞蟻圖書有限公司
台北市內湖區舊宗路二段121巷28、32號4樓
電話：02-2795-3656　傳真：02-2795-4100
http://www.e-redant.com

2010 年 7 月　BOD 一版
定價：400 元

讀　者　回　函　卡

感謝您購買本書，為提升服務品質，煩請填寫以下問卷，收到您的寶貴意見後，我們會仔細收藏記錄並回贈紀念品，謝謝！

1.您購買的書名：＿＿＿＿＿＿＿＿＿＿＿＿＿＿＿

2.您從何得知本書的消息？

☐網路書店　☐部落格　☐資料庫搜尋　☐書訊　☐電子報　☐書店

☐平面媒體　☐ 朋友推薦　☐網站推薦　☐其他＿＿＿＿＿

3.您對本書的評價：(請填代號　1.非常滿意 2.滿意 3.尚可 4.再改進)

封面設計＿＿　版面編排＿＿　內容＿＿　文/譯筆＿＿　價格＿＿

4.讀完書後您覺得：

☐很有收獲　☐有收獲　☐收獲不多　☐沒收獲

5.您會推薦本書給朋友嗎？

☐會　☐不會，為什麼？＿＿＿＿＿＿＿＿＿＿＿＿＿＿＿＿＿＿

6.其他寶貴的意見：＿＿＿＿＿＿＿＿＿＿＿＿＿＿＿＿＿＿＿＿＿

＿＿＿＿＿＿＿＿＿＿＿＿＿＿＿＿＿＿＿＿＿＿＿＿＿＿＿＿＿

＿＿＿＿＿＿＿＿＿＿＿＿＿＿＿＿＿＿＿＿＿＿＿＿＿＿＿＿＿

＿＿＿＿＿＿＿＿＿＿＿＿＿＿＿＿＿＿＿＿＿＿＿＿＿＿＿＿＿

讀者基本資料

姓名：＿＿＿＿＿＿＿＿＿＿　年齡：＿＿＿　性別：☐女 ☐男

聯絡電話：＿＿＿＿＿＿＿＿　E-mail：＿＿＿＿＿＿＿＿＿＿

地址：＿＿＿＿＿＿＿＿＿＿＿＿＿＿＿＿＿＿＿＿＿＿＿＿＿

學歷：☐高中(含)以下　☐高中　☐專科學校　☐大學

☐研究所(含)以上　☐其他＿＿＿＿＿＿＿＿

職業：☐製造業 ☐金融業 ☐資訊業 ☐軍警 ☐傳播業 ☐自由業

☐服務業 ☐公務員 ☐教職　☐學生 ☐其他＿＿＿＿＿

請貼
郵票

To：114

台北市內湖區瑞光路 583 巷 25 號 1 樓

秀威資訊科技股份有限公司　　　收

寄件人姓名：

寄件人地址：□□□

(請沿線對摺寄回,謝謝!)